光文社文庫

シンデレラ・ティース

坂木　司

光　文　社

目次

シンデレラ・ティース

小さい頃から、歯医者なんて大っ嫌いだった。消毒薬の匂いに、マスクで顔を隠した怪しい医者。それにあれ！　キーンと耳ざわりなドリルの音！　私は今でもあの音を聞くと、右の奥歯がつきんと痛むような気がする。

「でもさあ、最近の歯医者ってそう悪くもないよ？　そりゃ気持ちのいい所じゃないけどさ」

歯医者通いに慣れた友達は笑いながら言うけど、私は素直にうなずけない。頭ではわかってるよ？　お医者さんなんだから、痛いことされて当たり前だし、向こうだって悪気でやってるんじゃないんだって。

「わかってるけど、やっぱダメ！　だってあたし、最初の歯医者がサイアクだったんだもん」

そう、物事には原体験ってものがある。そしてそれは幼ければ幼いほど、強烈な記憶となって残るのだ。

ランドセルを背負っていたから、あれは私が小学校の低学年だったと思う。集団の歯科検診で、ご多分に漏れず虫歯を発見された私は、ママと一緒に初めて歯医者の門をくぐった。

そこはやけに大きな建物で、中に入るとひんやりとした空気が頰を撫でた。古い建物特有の暗さと湿っぽさ。地価の高い都心とは思えないほどにゆとりのある設計は、立ち並ぶ円柱にも見てとることが出来た。靴音の響く長い廊下を、ママに手を引かれて歩く。自分が入ってきたドアが、どんどん遠のいて見えなくなりそうだ。私はそれきりもといた世界に戻れないような気がして、早くも涙ぐむ。

薄暗い廊下で座り心地の悪いソファに座っていると、名前が呼ばれた。私はおかしな形の椅子に寝かされ、口を開けるように命令される。横目で隣を見ると、ママが「だいじょうぶ、よ」って声を出さずに言ってた。だから私は怖くても、必死で口を大きく開ける。

マスクで顔を半分以上隠したおじさんたちが、よってたかって私の口の中をのぞき込む。その手には、銀色に光る刃物！（らしきもの）。

そして激痛！　私は涙を流して、やめてと訴えた（はずだ）。でもおじさんたちは、マスクごしになにやらぼそぼそ喋るだけで、ドリルを止めてはくれない。口の中に、血の味が広がる。ママを見たくても、怖くて顔を動かせない。

「はい、口をゆすいで」

そう言われて手に取ったコップは、ひやりと冷たい金属だった。錆《さび》の匂いがしそうな水を口に含んで吐き出すと、白い受け皿に真っ赤な血が広がった。

幸いなことに、私の記憶はそこで途切れている。

「あのとき、あんたったら大騒ぎしたあげく、泣き疲れて眠っちゃったのよ。抱えて帰るの、大変だったんだから、もう」

私にとっては生きるか死ぬかの恐怖体験も、ママの記憶ではそうでもないらしい。しかしそれ以来私は、歯医者に行くと言われたら迷わず遁走《とんそう》する、そんな子供になってしまった。

ホント、歯医者なんて大っ嫌いなんだから。

*

気の早い太陽が照りつけるアスファルトを、もくもくと歩く。七月はじめだっていうのに、この暑さはなんだろう。早くクーラーの効いた図書館で、一息つきたいな。

あ、自己紹介が遅れてごめんね。私は叶咲子《かのうさきこ》。十九歳の大学二年生。見た目はまあ普通。なんにもしなければ童顔だし、ちょっとがんばって「今のオンナノコ風」のメイクをすれば、派手な美人っぽくもなる、便利な顔の持ち主だ。背は標準より低め。でもほとんどのショップのMサイズが入るってことは、スタイルもごく普通ってとこかな。ちなみに頭脳は、エスカレーター式の学校で受験には縁がなかったせいか、部分的に標準以下って気がする。でもまあ、学者になるわけでもないし、なんとかなるでしょ。

ようやく着いた図書館の中では、友達のヒロちゃんこと柿生浩美《かきおひろみ》が手を振っている。個室のドアから身を乗り出しているヒロちゃんは、私と違って長身の美人だ。

「ヒロちゃん、でかしたね」

この時期、涼しくて居心地の良い個室はかなりの競争率で奪い合いになる。

「まあね。っていうか、今日の二限が休講になっただけ」

ここは喋っても声が漏れないし、うるさい学食やタバコ臭いロビーなんかより、まったり話し込むには都合がいい。だから私とヒロちゃんは、お互いに図書館の個室を確保しては、メールで連絡をとっているのだ。

「で、今日の議題は？」

途中の自販機で買ってきた紙パックのジュースを出して、私は狭い個室の椅子に座った。

「そりゃもちろん、夏休みのバイトに決まってるでしょ」

「ああ、だよねー」

ヒロちゃんは大きなカバンからアルバイトの情報誌を出すと、机にばさりと広げる。ヒロちゃんは、良くも悪くも大ざっぱな性格で、私はそんなヒロちゃんといるのがとても楽だ。なんていうか、私はわりと全体的に『小さい』タイプなんだけど、ヒロちゃんは『大きい』んだよね。

「時給高くて、楽なバイト。でなきゃ近くてほどほどなバイト。いっそ遠くて短期決戦だけど、時給の高いバイト。さてどれがいい？」

「それさあ、上からお水、コンビニ、海の家って感じ」

「へへ、わかる？」

不況だ不況だと言ったって、簡単なアルバイトはいつでも人手不足。後くされがなくて若い大学生は、結構歓迎されるものだ。ましてや、夏の女の子ときたら、ね。

「来年に備えて、まとまった時期に稼いでおきたいんだよね」

大学からの受験組だったヒロちゃんは、のほほんと育ってきた私より、計画性があって現実主義者だ。彼女いわく、「三年生になれば、必修はほぼ取り終わって時間に余裕ができる」から、その時にあちこち旅行をすればいいのだそうだ。もしかしたら就職活動にあてられるかもしれない来年の夏休みは、どちらにせよ忙しい。そしてそのためには、資金が必要。だったら今の内に働いて、ヨーロッパくらい行ける費用を貯めておこうということだ。

「あたしはさ、短期決戦が向いてると思うんだけど、サキはもっとゆったりしてた方がいいよね」

「そうだね。ちょっとくらい安くても近いとか、じゃなきゃのどかな職場かな」

ぱらぱらと情報誌をめくっていると、目につくのはサービス業。でもレストランや居酒屋で働くってのも、向いてない気がする。お皿とか落としそうだし。だったら、受付関係なんかどうだろう。でも、そういうのは大抵長く働ける人を募集してるし、逆に短期のテレホンアポインターは「気が強くないともたない」って友達が言ってたな。

「やっぱ、こういう情報じゃダメなのかなあ。近所の貼り紙とかを優先すべき？」

悩む私を尻目に、ヒロちゃんは携帯電話まで使ってバイト検索をしている。

「ねえ、沖縄で働きませんか、だって！　内容は民宿の配膳とか掃除だろうけど、どうせ行くなら近場より遠くがいいよねえ」

「確かにね。行くだけでもお得な気分になるし」

ヒロちゃんと二人で住み込み。それも選択の一つだけど、ちょっと悩む。だって一夏一緒に過ごしたら、来年旅行に行く前に飽きたりしないかな？　ほら、よく言うじゃない。どんなに仲良くても、長い間同じ部屋で旅行するとケンカするって。しかしヒロちゃんは、なにやらメモを取るとすっくと立ち上がった。

「うん、決めた。沖縄の民宿、何軒か電話してみる」

「そっか。じゃ私はもちょっと考えてみるよ」

電話をかけるために屋外へ出るヒロちゃんを見送って、私は小さなため息をつく。なんだかなあ、私ってホント『小さい』よ。

＊

しかし、運はどういう形で転ぶかわからない。バイトの貼り紙を舐《な》めるように見ながら家路をたどった私に、ママは開口一番こう言ったのだ。

「ところでサキ、あんたバイトしてみる気ない？」

「え？　何それ」

ミュールの紐と格闘中の私は、うつむいたまま答える。

「あのね、知りあいが受付嬢を募集してるのよ。突然人が辞めちゃって、次の人を決めるまでの間つなぎを。でね、サキはちょうど夏休みだろうし、社会経験のためにどうかしらって思ったの」

「……受付嬢？」

「そうよ。すっごく簡単な仕事だけど、とにかく愛想のいい子が欲しいんですって。サキならその点、問題なしでしょ？」

あまりにも都合良く差し出された話に、私は思わずママの顔を見上げる。ちょっとお調子者で、でも曲がったことは大嫌いな私のママ。その知りあいなら、とりあえず職場的には安心。もしあんまり気に入らなくても、一夏限りって期限があるなら我慢できる。解き終えたミュールの紐をまとめてから、私は立ち上がった。

「ママ。その話、詳しく聞かせてくれる？」

職場は、これ以上ないってほど都心。バリバリのオフィス街。うちからは地下鉄で乗りかえ一回の三十分コース。まず、第一条件はクリア。

「勤務時間は？」

「早くて九時から。遅くても七時には終わるそうよ」

なら、帰り道の心配もしなくてよさそう。これで時給が良かったら、決めちゃってもいいかな。麦茶のグラスを口に運びながら、私は考える。

「時給は、確か千円って言ってたわよ」

「ホントに？」

思わず腰を浮かせた私に、ママは一枚のメモを寄越した。

「やる気があるなら、面接に行ってみなさいよ。その方がどんな感じかサキもわかるでしょ」

行く日が決まったら、ママが先方に電話しておくから。やけににこやかなママ。私はその時、メモに書かれた微妙なひっかけに気づくべきだったのだ。

そのメモには、最寄り駅からの地図に加え、『品川口クリニック』と明記されていた。ママが相手の話を聞きながら、書きなぐったような字。

「品川口、って駅の南口とか北口のあれかな？」

私は勝手に、その四角っぽい字を『口』だと解釈して「内科かな、外科かな。小児科とかだと理想的だけど」なんてことを考えながら歩いている。見渡しても、周りは見事にオフィスビルばっかり。その内の一つのビルに、そのクリニックは入っているらしい。
こんな用事でもなければ、一生縁のなさそうなガラス張りの小綺麗なビル。八階。入り口のガードマンにちょっとビビリながらも、私はエレベーターのボタンを押した。ドアが開いた瞬間、私は不吉な音を耳にする。何かを削るような、はたまた水が流れるような、そんな音。まさか、まさかね。恐る恐るクリニックのドアに近づく。すると、なんてこと！　そこには『口』ではなく『D』の文字が書いてあったのだ。しかもご丁寧なことに、字の上には小さな片仮名がふってある。

品川デンタルクリニック。

「……歯医者じゃん！」
やられた、と思った。ママは私の歯医者嫌いをよく知っている。だからこそ、あえてクリニックの名前を適当に書いたのだ。電話での連絡をしておいてくれたのも、私が電話したらバレると思ってのことだろう。ちょっと考えればわかりそうなことなのに、時給に目がくらんで気づかなかった。でも、入る前に気づいてよかった。これでドアを開けてたら、引き返しにくいもんね。ここの人には悪いけど、急に夏風邪でもひいたって連絡でもして、さっさと帰ろう。

私が背中を向けてエレベーターのボタンを押そうとしたそのとき、どこかで聞いたことのあるような声がした。

「サキ、サキだろ」

＊

正直、気絶寸前だった。なにしろBGMは、断続的に何か（誰かの歯に決まってる！）を削る音だし、目の前にいるのはまごう方なき歯科医なんだから。

「なるほど、あなたが叶先生の姪御さん」

「目のあたりはちょっと似てるかも。大学生？　可愛いわねえ」

「夏休みの予定とかないの？　旅行とか」

歯医者の奥にあるスタッフルームとも応接室ともつかない部屋に連れ込まれた私は、数人のスタッフに囲まれて、しどろもどろになっている。はい、姪です。唯史《ただし》おじさんは、私の母の弟です。ええ、目は母にもよく似てるって言われます。予定は特にありません。旅行は行きたいです。

「ちょっとちょっと皆さん、これじゃ自己紹介もできないでしょ。ほらそこ、近づかない！」

唯史おじさんの声に、私を取り囲んでいた人たちがさっと離れた。気づけば、セクシー系の看護婦さんが、いつの間にやら私の髪で三つ編みを作っていた。

「サキ、よく来てくれたね」

目の前でにっこり笑っているのは、叶唯史。私の叔父だ。四十代前半にしては恰幅《かっぷく》がよくて、街行く人に「この人の職業は？」って聞いたら、多分ほとんどの人が「コックさん」って答えそうな感じ。唯史おじさんが歯科医になったのは知ってたけど、なにしろ私はあの悪夢の体験をしている。だから何度「僕なら痛くしないよ」って言われても、唯史おじさんの所へ行きはしなかったのだ。あ、でも唯史おじさんのことは嫌いじゃない。年に数回会うときだって、いつも優しくて、子供の目線に立って話をしてくれる貴重な大人だったし。

「でも、ここに来てくれたってことは、少しは歯医者嫌いがおさまったのかな？」

唯史おじさんの言葉に、私は凍りついた笑顔を斜めに傾ける。言えるわけないじゃん。歯科医院の人たちを前にして、大嫌いだなんて。

「まあ、誰だって歯医者なんか好きじゃないわよね」

さっき三つ編みを作っていたセクシーなお姉さんが、微笑《ほほえ》みながらそう言った。

「とにかく、自己紹介からはじめましょうよ。あたしは三ノ輪《みわ》歌子《うたこ》、歯科衛生士よ。でもってこっちにいるのが品川デンタルクリニックの院長、品川知之《しながわともゆき》先生」

「こんにちは」

品川院長は、なんとなく唯史おじさんに雰囲気が似ている。優しそうで、笑顔がほんわかするようなおじさんだ。ただ、品川院長は中肉中背だし、年齢もぎりぎりおじいさん手前といったところ。しかし院長は、そんな私の第一印象をいきなりうち砕くような発言をした。

「まあ悪くない」

「はい？」

「緊張しているとはいえ、笑顔が出せるし、確かに人当たりは良さそうだ。ま、顔もスタイルも十人並みだから、親しみやすかろう。なにより女子大生って肩書きは、話のネタになる。採用だ。歌子くん、細かいことを教えてやってくれ」

私の肩を立ち上がりながらぽんぽんと叩いて、院長は診察室に戻っていく。えーと、今私、すごくセクハラっぽいこと言われなかった？　そんな私に、唯史おじさんはものすごく申し訳なさそうな顔で謝る。

「ごめんな、サキ。院長はいつもあんな感じでさ、悪意はないけど口が悪いんだ」

「そうよ。ま、実害のないセクハラがほとんどだから、年寄りの妄言《もうげん》だと思えばいいわ」

「そういう歌子さんだって、口の悪さにかけては同レベルじゃない」

「いーえ、あたしはあそこまでじゃありません」

すっくと立ち上がった歌子さんに、私は二の腕を摑まれる。

「さ、行きましょう。シフトの相談に、クリニックの案内。今日覚えられることは、今日やってしまわないとね」

背後で聞こえるドリルの音に固まっていた私は、そうしてほぼ流されるように、品川デンタルクリニックでのアルバイトを決めたのだった。

＊

「あはは。サキが歯医者！　あんなに毛嫌いしてたのに！」

ヒロちゃんの豪快な笑い声が、携帯の向こうから聞こえてくる。

「だってさ、断り切れなかったんだもん」

「まあね。お母さんの紹介で、叔父さんが勤めてるときたら断りにくいよね」

そう。断りたい気持ちで一杯だったにもかかわらず、私はつい保身のため、うなずいてしまったのだ。ああ、心の容量まで『小さい』んだな、私。

「でもさあ、もう初日から怪しい人満載なんだけど。歯医者がどうこう言うよりも、実はそっちに驚いたよ」

あの後、セクシー歯科衛生士の三ノ輪さんに連れられて、私はクリニックの人々に挨拶をして回った。

「この子、来週から入る受付のバイトでサキちゃん。叶先生の姪御さんだから」

三ノ輪さんがまず紹介してくれたのは、院長先生、唯史おじさんに続く三人目のドクター。

「ああ、君が噂のサキちゃんか。なるほどなるほど、可愛いねえ。今度合コンでもしよっか？」

呆れるほど軽い口調で返したのは、成瀬吉人《なるせよしひと》先生。院長に引き続き、彼もセクハラキャラなのかと思って私はぐったりした。けど、ふと違和感に気づいて成瀬先生を見つめた。

「なに、サキちゃん。俺ってそんなにいい男？」

ていうかこの人、一度も顔を上げてない。なのになんで、私が見たってわかるんだろう。成瀬先生は、喋りながらずっと患者さんの口をのぞき込んでいる。

「よ、よろしくお願いします」

「はいはい、こちらこそ。ああ、歌子さん。こちらのお客様、あと十分で治療が終わりますから、クリーニングの用意お願いします」

口調とは裏腹に、技術は確かな人なのかもしれない。背中に目がついていそうな成瀬先生を見ながら、私は首をひねった。

次に行ったのは、受付。私が座るであろう場所だ。そこには、真っ黒なストレートヘアをきりりとひっつめた、きつい目線の女性がいた。

「こちらは窓口の事務を一手に引き受けてる葛西瑞枝《かさいみずえ》さん。サキちゃんにとっては、直属の上司に当たる人かな」

「よろしく」

さっきの成瀬先生とは一転、こちらは無駄口を許さないような雰囲気がする。ちょっと怖いかも。でも、一番クリニックにいて自然なタイプかな。これまでずっとハイテンションな人ばっかりだったから、逆に私は安心した。

「それから、歯科衛生士は私を含めて三人。右で叶先生の横についてるのが中野京子《なかのきようこ》。左で器材を揃えてるのが春日百合《かすがゆり》」

三ノ輪さんの声が聞こえたらしく、作業中の二人が振り返って会釈をしてくれた。

「よろしくね、叶さん……だと先生とかぶっちゃうから、やっぱりサキちゃんかしら」

中野さんは、色白で優しそうな美人だ。白衣の上にかけたエプロンが、とても似合う。

「じゃあ私も。よろしく、サキちゃん。私は年も近いし、わからないことはなんでも聞いてね」

大学を出たて、というよりは高校生が働いていいんですか？　というくらい春日さんは童顔だった。並んだら多分、私の方が年上に見えるだろう。

「ええっと、これで大体紹介したかな……」

クリニックをぐるりと見回す三ノ輪さんに、中野さんが慌てたように声をかける。

「歌子さん。四谷《よつや》くん、また忘れてますって」

「え？　ああ、そうだった。どうもあいつ影が薄くって。サキちゃん、最後の一人を紹介するわ」

そう言って三ノ輪さんは、クリニックの一番奥まった所にあるドアを開いた。そこは物入れと見まごうばかりの小さな部屋で、中には一人の男性が座っている。この人、こんな狭いところにいて息が詰まらないんだろうか。

「こいつ。歯科技工士の四谷謙吾《けんご》。ばりばりのオタクだから、いつも技工室にこもってるけど、害はないから」

「ひどい言われようっすね」

四谷さんは、うつむいたまま石膏の固まりみたいなものを削っている。

「ま、ホントのことだから別にいいけど」

半身しかふり返ってくれなかったし、防塵用《ぼうじんよう》のマスクをしていたから、四谷さんの顔はよくわからなかった。でも、雰囲気からしてこの人も結構若い感じがする。

院長先生に、二人のドクター。それに三人の歯科衛生士と、事務員が一人。そして歯科技工士。これが品川デンタルクリニックのメンバーだ。

「ていうか、歯科衛生士って何する人？　看護師じゃないの？　それと歯科技工士ってのも、よくわかんないんだけど」

ヒロちゃんの質問に、私は深くうなずく。私もそんな単語を聞いたのは、今日が初めてだったんだから。

「えーと、歯科衛生士も歯科技工士も、要するに国家資格ね。でもって、衛生士の方は、歯の病気に関する予防措置をとること、保健指導をすること、それに歯医者さんの診療補助をすることがメイン」

手元のメモを、私はたどたどしく読み上げる。三ノ輪さんに言われて、今日は基本的なことを教わってきたのだ。

「で、技工士の方は歯科技工物を作る仕事だって。つまり歯に被せる金属とか、入れ歯とか、差し歯とか、口の中に入れる物を作る人」

「あたし、そういうのって歯医者さんが作ってるんだと思ってた」

「私も。よもや分業制だとは思ってなかったから、結構びっくりしたよ」

あの悪夢の体験以来、歯医者に足を運んでいない私にとっては、聞くことすべてが初めてのことばかりで、びっくりの連続だった。

「でもさ、真面目な話、大丈夫なの、サキ？　ずーっと避け続けてた所に通うなんて……」

ヒロちゃんの不安そうな声に、私はちょっとじんとしてしまう。だから逆に、できるだけ元気な声で笑ってみせた。

「大丈夫だよ。とりあえず自分がかかるわけじゃないし、それにあの歯医者、らしくないくらいに綺麗な所だったし」

「そう？　ならいいけどさ。あたしは試験が終わり次第、沖縄に行っちゃうけど、辛くなったらメールでも電話でもかけてくるんだよ」

「ありがと。がんばるよ。ヒロちゃんも帰りたくなったら、いつでも連絡して？　私、羽田まで迎えに行くから」

互いの健闘を祈りつつ、私たちは電話を切った。とりあえず、ヒロちゃんのはげましが無駄にならないくらいはがんばろう。私はそう心に誓うと、ベッドに倒れ込んだ。

＊

ドアが開いて、一人の女性が入ってくる。パステルカラーのスーツを着た、ＯＬって感じ。オフィス街らしいお客さんだ。

「こんにちは、いらっしゃいませ。メンバーズカードはお持ちですか？」

私は椅子から立ち上がって、微笑みながら会釈する。そして相手の女性がバッグの中から出したカードを受け取り、パソコンに入っている顧客情報を呼び出した。

「高津裕美《たかつゆみ》様ですね。新しい月に入りましたので、保険証をお願いします」

カードと保険証を受け取った私は、後ろの小窓から、葛西さんにそれらを渡す。葛西さんは私が呼び出したデータと共に、カルテを後ろの棚から出している。

「お電話でもうかがいましたが、本日ご来院の理由など、こちらの問診票にお書きいただけますか？」

「ああ、はい」

高津さんの綺麗に塗られた爪を見ながら、私は何度か深呼吸をくり返す。大丈夫。笑顔は出てるし、声も手も震えてない。

「では、お呼びするまで少々お待ち下さい」

問診票に記入漏れがないかどうか、ざっと目を通す。どうやら彼女は、奥歯の詰め物が取れてしまったらしい。私は書類を葛西さんに渡すと、ほっと息をついて腰を下ろした。アルバイト二日目。初日に教わったことは、だいたい出来ていると思う。

しかしこのクリニックは、色んな意味で私のイメージしていた歯科医院とはかけ離れていた。例えば患者さんを「お客様」と呼ぶこと。診察券を「メンバーズカード」と呼ぶこと。そして、私のような受付嬢がいること。

「要するに、院長の趣味と実益を兼ねた経営方針よ」とは歌子さんの弁（三ノ輪さんと呼ばないこと、と今朝言われた）。どうやら院長はこのクリニックに来院するにあたり、歯医者に来るというよりも、スポーツクラブやエステに来るような感覚で利用してもらいたい、と考えているようなのだ。だから室内はお洒落なインテリアで統一されているし、待合室にはトイレとは別に、パウダールームが設けられている。歯の治療を受けるときにはお化粧を落とさなきゃいけないから、これは働く女性にとって嬉しいサービスなんじゃないだろうか。

「よろしかったら、貴重品以外のお荷物を預かりましょうか」

ソファに座っている高津さんに、私は声をかける。この「クロークシステム」も、お医者さんでは見たことがないサービスだ。私がこのサービスの話をすると、ママだけでなくヒロちゃんや他の友人までもが顔を輝かせた。

「夏はいいけど、冬場に病院へ行くと、コートをずっと抱えてなきゃいけないから嫌なのよねえ」

「病院の中は適温に保たれてるから、着てたら暑いし、いちいち荷物を持って移動するのが面倒だもん。学校の帰りにおっきな荷物持ってると、手荷物入れには入らないしさ」

確かに、病院では身一つで移動した方が楽に違いない。自分の数少ない経験からいっても、このサービスは画期的だ。

「ありがとう。じゃあこれ、お願いするわ。そんなに重くもないのに、持ってると肩がこっちゃって。仕事疲れかしら」

「パソコンとか長時間使ってると、目や肩にくるらしいですよ」

「やっぱり？　起きたときにまで頭痛がするのって、目の使い過ぎよね」

そんな世間話をしながら、私は高津さんが差し出したトートバッグを受け取る。思ったより軽いバッグの中からは、旅行会社のパンフレットが覗いていた。いいなあ、夏休みの計画かな。

しばらくして、高津さんの治療が終わった。私は彼女の荷物を出し、葛西さんの指示で本日の料金を請求する。小窓の向こうから戻ってきたお釣りを返したところで、一区切り。何か言いたげにたたずんでいる高津さんを、きょとんと見返していた私に葛西さんから声がかけられた。

「サキちゃん、予約よ。画面のスケジュール表を開いて、高津さんのご予定をたずねて」

「あ、そうでした。すみません、高津様。次の予約はいつになさいますか？　来週では何日がご都合がよろしいでしょう」

慌てて喋る私の前で、高津さんは軽く小首をかしげる。

「そうね。来週はもしかしたら旅行に行くかもしれないから、さ来週の予約でお願いしたいわ。さっき先生に聞いたら、仮の詰め物も、それくらいは大丈夫だって話だし」

「かしこまりました。では」

クリニックのスケジュールと高津さんの予定を照らし合わせて、私は予約を入力した。誰が顧客情報やスケジュール表を作ったのかは知らないけど、このシステムはとてもわかりやすくて安心だ。だからこそ、私のような素人がいきなり受付に入っても大丈夫なのだろう。小さなクリニックだからこそできることなのかもしれないけど、大病院もこんな風だったら、私たちはもうちょっと気軽に治療を受けられるかも知れない。

しかし、さ来週を待たずに私は再び彼女と顔を合わせることになる。

＊

アルバイト三日目。完全予約制で、しかもゆとりを持った人数のおかげで、私はさして戸惑うこともなく受付業務をこなせている。院長や唯史おじさんからは、若いのに敬語がよく身についている、とほめられもした。これは、以前やった画廊のアルバイトのおかげだろう。

「にしてもサキちゃん、まだこっちが怖いの？」

昼の休憩時間に、成瀬先生が面白そうに言った。私の歯医者嫌いは、ママの口からおじさん経由ですでに知れ渡っている。私は、院長のごちそうしてくれた松花堂弁当をつつきながら、小さくうなずいた。このクリニックでは、院長の気まぐれによってお昼が振る舞われる日があるらしい。

「小さい頃の刷り込みって、そう簡単には消えないわよね」

歌子さんが生麩《なまふ》をつまみ上げて、ぽいと唯史おじさんのお弁当に入れる。

「歌子さん、それくらい食べたらどうですか。こんなちっちゃいのに」

「嫌よ。あの食感。おかずなのかお菓子なのかわからない、どっちつかずな態度。生麩を食べるくらいなら、印象材を噛んでた方がましよ」

ちなみに、『印象材』というのは歯型を取るために「噛んで下さい」って言われる、歯磨き粉臭いヌチャーっとしたあれのこと。印象材で取った型を元に、技工士は技工物と呼ばれる歯型を作る。で、歯型のことをクリニックでは『印象』と呼ぶ。歯の印象を写し取った物、ってことなのかも知れないけど、知らないとちょっと謎な言葉だ。

「どうせ噛むなら、歌子さんのミニチュア印象作ってファンに売ろうか？　重役っぽいおっさんに人気あるから、結構いい値がつくかもな」

混ぜっ返す成瀬先生の頭を、歌子さんはぱこんとはたく。

「それよりも四谷くんに、歌子くんの人形を作ってもらった方がいいんじゃないかね。歯型だけより、一般受けすると思うが」

大まじめな顔で院長がセクハラ発言、もとい金儲け発言をする。これがなければ、大らかでいい人なのに。

「四谷さん、手先が器用ですもんね」

中野さんはそう言いながら、皆にお茶を注いでくれた。それを受け取った四谷さんは、表情一つ変えずに会釈を返す。四谷さんの顔をちゃんと見て挨拶することが出来たのは、二日目のことだったけど、そのときも彼は無表情だった。

「でも俺、人間のフィギュアは作りませんから」

「人間も動物も、生物であることには変わりがないじゃない。ついでに彩色して秋葉原あたりに持ってったら、『女王様ナース』とかいってうけると思うよ」

「オタクにうけたって嬉しかないわよ」

歯科医院での会話とは思えないほどの内容に、私は黙って箸を動かす。すると春日さんが、顔をのぞき込んできた。

「大丈夫、サキちゃん？　気分悪くなったりしてない？」

ものすごい童顔に、アニメの声優みたいな声。真におたくうけするのは、間違いなくこっちだと思うんだけど。

「はい、大丈夫です。ちょっとずつですけど、慣れてきましたし」

「よかった。サキが適任だと思って姉さんに声をかけたんだけど、駄目だったらどうしようかと思ったよ」

そう言って唯史おじさんは、おいしそうにお茶をすすった。

「ちなみにサキちゃんが歯医者を嫌いになったのって、どんな理由かしら。もしよければ聞かせて貰える？」

持参の塗り箸をぱちりと合わせて、葛西さんが私にたずねる。そこで私は、例の恐怖体験を皆に語って聞かせた。歯に関する仕事を選んだ人たちに対して、ちょっと失礼な発言もあるけど、とりあえず私は正直に話してみる。すると、意外なことに皆がうんうんとうなずいているではないか。

「わかるわ、サキちゃん。小さいときの歯医者さんって最高に怖いわよね」

「しかも血が出たら、びっくりするよなあ。僕だって子供の頃、自分が吐血したのかと思って、もう死ぬんだ、なんて泣いた覚えがあるよ」

頭をかく成瀬先生に、春日さんが笑いかける。

「以前勤めてた小児歯科医院で、そういう子供はたくさん見ましたよ」

「あの、そういうのって珍しくないんですか？」

「もちろん、よくあることよ。ただ前後のケアによって、印象は全然変わるけど」

春日さんの台詞《せりふ》を引き継ぐように、中野さんがつぶやく。

「つまりサキちゃんが行ったところは、子供へのケアが出来てない歯科だったのね。言い方も冷たいし、それじゃ二度と来ないと思われても仕方ないわ」

現場の人に共感されることなんて、きっと一生ないんだと思ってた。私だけが怖がりで、私だけが駄目な子供なんだって思ってた。ちょっと感動してしまった私は、うるんだ目を見られないよう、より深くうつむく。そんな私に、四谷さんがぼそりと声をかけた。

「歯科治療恐怖症、ってのは医学書にも載ってるれっきとした病気だ。あんただけが特別ってわけじゃない」

もしかして、いたわってくれてるんだろうか。歌子さんからさんざん「おたくだ」と聞かされていた四谷さんは、顔をあわせてみれば意外と整った顔をした無愛想な青年だった。ただ、いついかなる時でも石膏の粉があちこちに付着しているのはなんだけど。

「というよりも、そこが採用のポイントでもあったんだな」

院長の思いがけない言葉に、全員がふり向く。

「どういうことですか、院長」

「客の気持ちがわかる、ということだよ。ご存じの通り我がクリニックでは、歯医者余りの時代に、サービスを徹底することで顧客をつかんできた。そしてサービスというものは、客の心理を読んでこそ可能なものだと思わんかね」

「つまりサキが怖がらないようなサービスをすれば……」

「大抵のお客さんには満足していただけるだろう、そういうことだ」

なるほど。これには私も納得してしまった。しかしそこに、四谷さんが余計な一言をつけ加える。

「あんたの恐怖症も治り、客の満足度も高まる。けど設備投資といえば、受付のバイト代だけ。ほんっとに金儲けが上手いよな」

「こら、四谷くん。休憩中はいいがお客様の前では、丁寧な言葉づかいで頼むぞ」

「わかってますよ、院長」

弁当箱を片づけると、四谷さんは立ち上がって技工室へと姿を消した。その背中を見送りつつ、唯史おじさんがため息をつく。

「四谷くんも、あれでもうちょっと愛想があればねえ」

「いいじゃない、マニアックでも腕が良ければ。だいたいあいつって院長が引き抜いてきたんでしょ？」

「ああ。同じ大学病院にいたから声をかけたんだけど、当時から変わり者だが腕は確かだって有名だったらしいよ。でも彼自身、自分が社交下手なのはわかっていたと見えて、クリニック内での勤務に納得してくれたんだ」

どうやら歯科技工士というのは、必ずしも歯科医院にいるものでもないようだ。後で葛西さんに聞いたところによると、四谷さんのようなケースはむしろ少ないとのこと。大多数の技工士は、歯科技工所という専門施設にいて、そこで歯科医から注文を受けた技工物を製作しているらしい。

「でも自分の作った技工物を見届けたい人は、患者さんに装着するまで立ち会ったりすることもあるわ。四谷さんは、まさにそのタイプね」

現場に立ち会っていれば、ちょっとの不具合でもその場で直すことが出来る。素人の私から見ても、それは安心なサービスのように思えた。

「歌子さんじゃないですけど、彼は少々マニアックですから。自分の作った技工物を、自分の見えないところで雑に扱われるのが嫌なんでしょうね。その証拠に、お客様が入れ歯を粗雑に扱っていたりすると、彼はとても不機嫌になります」

食休みもせずにカルテの整理をする葛西さんは、ボトルからキシリトール入りのガムを一粒取り出すと、ぽいと口に放り込んだ。

＊

なにやら、場違いな足音が近づいてくる。歩くというより走るような、やけに緊張感に満ちた足どり。受付のデスクで静かに書き物をしていた私は、足音の不穏さに思わず腰を浮かせる。

乱暴な音とともに、ドアが開いた。いや、開けられた。

「品川デンタルクリニック……ここか」

この暑いのに、背広を着たサラリーマンらしき男性。それも結構若くて、二十代かなって感じ。このクリニックのメンバーズカードを片手に、私をにらみつけている。ていうか、すっごく怖いんですけど。

「いらっしゃいませ。本日はご予約ではありませんね。お名前をうかがってもよろしいでしょうか」

ひきつりそうな頰を、気合いでつり上げる。笑顔、とりあえず笑顔ね。だってもしかしたら、すっごい歯痛の人かもしれないし。

「名前？　俺は患者じゃないよ。それより君、教えてくれよ。ここの歯医者は一体、どんな治療をしてるんだ」

「は、はい？　どんなって、多分普通の治療だと思いますけど……」

あ、でも私は歯医者の『普通』を知らないんだっけ。その男性の剣幕に恐れをなしつつ、私はちらりと彼の手に握られたカードのナンバーを見る。

「時間が、かかりすぎるんだよ。どんな丁寧な仕事か知らないけど、患者の私生活にまで影響を与えるのってどうかな」

時間が、かかる？　私は心の中で首をかしげた。今までどのお客様も、そんなことは言っていなかったけどな。

「しかも薬が多すぎる。余分な薬を与えるのは良くないって、世論も高まってるっていうのに。風呂にも入れない薬なんか、そうしょっちゅう飲んでたら体に悪いはずだろ？　彼女の身体に何かあったら、どうするつもりなんだ」

ぶつぶつとつぶやく男性を目の前にして、私はもうどうしていいかわからなかった。この人、クレーマー？　それとも誰かスタッフに恨みでもあるの？　私が葛西さんに助けを請おうと後ろを振り返ったそのとき、奥から唯史おじさんが出てきた。

「サキ、何があった」

「あの、この方が……」

私をかばうように前へ出た唯史おじさんを、男性はぐっとにらみつける。

「あんた、医者か」

「はい。何か治療にご不満でもおありでしょうか」

優しいコックさんに見える唯史おじさんだけど、むっとした顔で立ちはだかれば、プロレスラーっぽくも見える。その威圧感に負けたのか、男性はふいと目をそらして言った。

「不満、大ありだよ。とにかく治療を早く終わらせろ。いたずらに長引かせて、患者に時間の無駄遣いをさせるな。俺が言いたいのは、それだけだ」

「失礼ですが、お客様は当クリニックにかかられたことは」

私は唯史おじさんの白衣を引っ張って、違うそうですと伝える。

「では、当クリニックのお客様のお知り合いで？」

「ど、どうでもいいだろ、俺の事なんて」

身分をたずねられると、男性はいきなりうろたえだした。なにそれ、さっき私がたずねても動揺なんかしなかったくせに。

「とにかく、俺は患者の声を代弁してやっただけだ。それを覚えとけよ」

後じさりながら捨て台詞を残して、男性はクリニックを出ていった。直後に、非常口のドアが閉まる大きな音がした。

「階段を駆け下りていったな、あれは」

いつの間にか出てきていた四谷さんがぼそりとつぶやく。

「なんだったんでしょう、一体」

「近所の会社の奴だな。荷物を持ってないし、尻のポケットには携帯しか入ってなかったから」

逃げるように去っていった男性のポケットまで、よくこの人は見ていたものだ。でも、見てるくらいなら助けて欲しかったんですけど。

「メンバーズカードをちらつかせてたけど、一体誰の関係者なんだろう」

唯史おじさんの声で、私ははっと我に返る。あのとき見たカードのナンバー、今ならまだ思い出せそうだ。パソコンの前に慌てて戻り、顧客リストのナンバー検索に数字を打ち込む。するとそこに出てきたのは。

「高津、裕美さん……」

あの綺麗なＯＬさんの名前だった。

「しかし、当人ならともかく、彼氏が怒鳴り込んで来るというのはおかしくないか？」

院長が切り山椒を頰張りながら、首をかしげる。私たちは、午後のお客様が一段落したところでかわるがわるお茶の休憩に入っているのだ。今休憩なのは、成瀬先生と春日さん、それに私だ。

「ちょっと不自然ですけど、あり得ない話じゃないですよ。嫉妬というものは、人におかしなことまでさせる妙なパワーがありますからね」

ま、僕は女性に刺されそうになったこともありますけど。成瀬先生はこっちがたずねてもいない暴露話を披露しながら、お茶を飲み干した。

「でも、嫉妬での怒鳴り込みにしたって、一体誰に嫉妬してるっていうんです？　成瀬先生ならいざしらず、彼女の担当は叶先生じゃないですか」

ある意味失礼な発言に私もうなずきながら、男性の目的について考える。あのとき、彼はおおむね一つの問題について怒っていた。

「時間がかかりすぎる、って言ってましたよね。高津さんて、何か歯に特殊な問題でもあるんですか？」

「いえ。特にはなかったはずですよ」

カルテを見ながら、春日さんが小首をかしげる。

「うちに来る前がどうだったのかはわかりませんけど、少なくともここでは昨年の夏に軽い虫歯の治療が一回と、年末に冠の不具合で一回来院してますね。どちらも二、三回の通院で終わってますから、時間はかかってません」

ちなみに冠というのは、治療済みの歯に被せる技工物のこと。金歯の金とか、あの部分のことらしい。

「じゃあ、あの人の勝手な思いこみだったんですね。薬が多いとかも言ってましたけど」

「それこそ、言いがかりだな。軽い虫歯で内服薬なんか滅多に出さないし、冠の不具合に至っては、痛みすらなかったんだから」

成瀬先生は立ち上がると、欧米の人がするように軽く肩をすくめてみせた。それがわざとらしくない日本人男性は珍しいかも、なんてちょっと思ったり。

高津さん自身に連絡を取るかどうかは、スタッフ内でも意見が割れた。

「知らせておかないといけないわ。そうじゃないと、彼女は彼がサイコな一面を持ってるって気づかず危険かもよ？」という歌子さんの意見には、女性全員がうなずいた。

「でも、痴話喧嘩みたいなものに首を突っ込んでいいのかとも思うよ。僕たちはあくまでも歯医者なんだから、歯に関すること以外はプライベートに立ち入るべきじゃないっていうか」とは唯史おじさんの弁。これには院長と成瀬先生がうなずいた。

「で、あんたはどう思うのよ」

どちらの意見にもうなずかずにいた四谷さんに、歌子さんはたずねる。四谷さんはしばし考え込んだ後、手に付いたシリコンの屑をむしりながらつぶやいた。

「俺は、明日あたり高津さんがここに来ると思う」

「はあ？　どういうこと？」

「皆はこの件を、ほとんど彼氏に非があるとしか考えてないだろ。でも俺は、彼女の方にも問題があったんだと思う」

「では、高津さんが嘘をおっしゃったと？」

葛西さんの質問に、四谷さんは微妙な表情で首をひねる。自分でもまだつかみきれていないのか、どうもオチが見えてこない感じだ。

「うーん……嘘、というのもどうかな。その前にちょっと、聞いておきたいことがあるんだけど」

そう言って、四谷さんは私に質問をした。先日、高津さんが訪れた際のことを、とにかく何でもいいから話してみてほしいと。そこで私は覚えている限り、どんなに小さいことも、関係のなさそうなことも喋った。それこそ彼女が着ていたスーツの色から、きれいな花模様の爪まで。

「うん、なるほどね」

四谷さんは軽くうなずくと、私を見もせずに踵《きびす》を返した。突然のことにあぜんとして立ち尽くす私。歌子さんが呼び止めると、彼は信じられないような言葉を残して技工室へと姿を消した。

「後は、歯に聞いてみるから」

*

歯に聞いてみるって、どういうこと？　私は受付に置いてある歯のマスコットを眺めながら、ぼんやりと昨日の一件を思い出している。あの四谷さんの発言は、私にとってかなり奇妙なものだった。だけどどうやら、クリニックの皆にとっては納得できる答えだったらしい。「ま、四谷くんがそう言うなら」と、院長までもがその場を立ち去ったくらいだから。歯に関わる仕事をしてる人なら、当たり前のことなのかな。どうも自分一人が部外者なせいか、私には不可解なものごとがここでは多い気がする。

しかし午前が過ぎ、午後のお客様がみえる頃になっても、高津さんは姿を現さなかった。結局、思わせぶりな四谷さんの予言は外れたわけだ。

「来ませんでしたね」

声をひそめて囁くと、葛西さんは眼鏡のずれを直しながら答える。

「でも、まだ今日が終わったわけじゃないわ」

けど今は夕方。品川デンタルクリニックの営業時間は、午後七時までだ。やけにゆっくりと動く時計の針を見つめながら、私は『彼氏』って存在についても考える。

今までつきあった人は、二人ほどいる。けどそのどちらも、あんな風に激昂《げっこう》するタイプじゃなかった。それはきっと私のテンポが遅くて、ケンカが嫌いな性格のためだと思う。じゃあ、昨日の男性みたいな人を彼氏に持った高津さんはどんな性格なんだろうか。話した感じは、とてもおだやかで普通の女性だったけど。

「束縛されるくらい、愛されてるってこと？」

つぶやきながら、歯のマスコットを指ではじく。私にはまだ、そんなに嫉妬された経験がない。ていうか、一方的に告白されて、一方的にふられてばっかりだ。つきあった二人は、別れを切り出すときにまったく同じ台詞を口にしたっけ。

「最初の印象と違ってたから……ごめん」

なに、それって感じ。私のとろさを、お嬢様っぽいと勝手に思いこんで、勝手に失望する人たち。でも、私にも悪いところはある。漠然と「彼氏がほしい」なんて思ったまま、好きでもない人とつきあうからだ。ああ、なんか落ち込んできた。こんなときはヒロちゃんに電話して、思いっきりお喋りしたいなあ。

私がカウンターに頬杖をつきながらそんなことを考えていると、フロアの向こうから足音が聞こえてきた。昨日とは違う、ヒールのある靴の音。もしかして。

「あの、予約じゃないんですけど……」

四谷さん、大当たり。

午後六時半。ちょうど予約のお客様が帰った後、高津さんはやってきた。今日は順調に治療が進んだので、私たちには三十分のゆとりがある。どうせもうお客様は来ないからと、院長は高津さんを診察室に招き入れた。高津さんはそこに集まった私たちを見渡すと、いきなり深く頭を下げた。

「ごめんなさい。昨日のこと、彼から聞きました。こちらの皆さんには落ち度がないのに、責めるようなことを言ったそうですね。本当にすいませんでした」

「ああ、いいんですよ。高津さんにそういう気持ちがないとわかれば。それより顔をお上げなさい。さ、よかったら椅子に座って」

院長のすすめに彼女は強く首を振り、頭を下げ続ける。

「いいえ。私のせいで騒ぎを起こしてしまったんです。そしてもしも、その場に他の患者さんでもいたら悪い評判になっていたかもしれません。だから本当に、申し訳なくて……！」

涙声で謝り続ける彼女に、さすがの院長も困った様子だ。こんなときこそ口の上手い成瀬先生の出番と思ったが、成瀬先生もまた困惑した表情で手を出しかねている。唯史おじさんは、黙ったまま腕組みをして立っているだけだし。ああ、もう。

しかしそんな硬直状態を破ったのは、四谷さんの緊張感のない声だった。

「そこまで大げさにしなくたっていいんじゃないですか。たかが歯ぎしりで」

歯ぎしり、というその場にふさわしくないフレーズに、私はつい四谷さんをまじまじと見つめてしまった。一体、何を言い出すの？　けれど四谷さんの言葉に、高津さんはぴたりと動きを止める。

「今、なんておっしゃいました？」

「歯ぎしりですよ。自覚症状はありませんか」

「叶くん、それは本当かね」

彼女の主治医である唯史おじさんに、院長がたずねる。するとおじさんは高津さんの印象を出して見せた。

「先ほど四谷くんに指摘されたのですが、確かに高津さんには歯ぎしりの形跡があります。前回冠が取れたのもそのせいではないか、と」

なるほど。だから唯史おじさんはあえて口出しをしなかったのか。

「え、でもあの男性の言ったこととどう繋《つな》がるんです？　あの人は、治療に時間がかかりすぎることと、薬が多すぎるってことを訴えてましたよね」

春日さんが首をひねる。

「だから、多分言い訳なんですよ」

「言い訳？」

四谷さんの言葉に、全員が首をひねる。四谷さんは結果ばかり話すので、どうにも話が見えづらい。それを察した院長が、とりあえず皆に座ろうと声をかけた。

「歯ぎしりということなら、治療に関しても話すことがあるでしょう。だからどうぞ、おかけ下さい。もし気になるようでしたら、他のスタッフは席を外させますが」

緊張した面持ちの高津さんは、しばらく考えてから診療台に腰を下ろす。

「皆さんにはご迷惑をかけましたから、一緒にいて下さって結構です。そちらの方には教えていただきたいこともあるし」

高津さんはそう言って、すがるような目で四谷さんを見つめた。皆が椅子を集める間、中野さんは静かに輪を離れて給湯室へと去る。先を読むような、さりげない気づかい。ほどなくして戻ってきた彼女は、コーヒーのカップをトレイに載せていた。私が男だったら、中野さんみたいな彼女が欲しいと思うな。

コーヒーの香りに包まれ、全員が腰を下ろしたところで院長が口火を切った。こういう場のしきりになると、院長はすごく『院長』っぽく見える。普段は感じられない威厳があるというか。

「まずお聞きしたいのだが、高津さんは歯ぎしりの自覚があるんでしょうか」

すると高津さんは恥ずかしそうに下を向き、小さな声で答えた。

「はい、ともいいえとも言えるんですが」

「それは誰かに指摘されたことがある、ととってよろしいのでしょうか」

唯史おじさんが、カルテにメモを取りながらたずねる。

「ええ。友人に指摘されたんです。旅先で」

高津さんは蚊の鳴くような声で、そのときの体験を語った。なんでも彼女は弟と彼女の二人姉弟で、思春期前に部屋が分かれてからはずっと一人寝だったらしい。

「だから家族も、気づかなかったんでしょうね……」

しかし今の会社に入り、初めて同僚の女の子と行った海外旅行でそれは指摘された。

「もう、顔に似合わずすごい音立てるんだから。眠れなくて困っちゃったわよ。そう言われたんです。最初は何を言われてるのかわからなかったんですけど、歯ぎしりだって気づいてから、すごく恥ずかしくなりました」

慌てた彼女がお母さんにたずねると、「たまにしてたかもね」という曖昧《あいまい》な返事が返ってきた。だから彼女は、歯ぎしりがいつから始まったのか知らないと言う。唯史おじさんはうなずきながら、質問を続ける。

「その海外旅行は、何年前のことですか」

「一年半くらい前です」

縮こまるようにして答える高津さんの肩を、歌子さんは軽く叩いた。

「でも、旅行先って出やすいのよ。慣れない場所で身も心も疲れるから、普段してない人だっていびきや歯ぎしりのオンパレードになるの」

「そうですよ。特殊な状況下でのことですもん。気になさることありませんって」

春日さんの明るい声が、つかの間高津さんをなごませる。しかしそんな雰囲気を、四谷さんの無愛想な声が一気に凍りつかせた。

「でも、この印象に跡が残ってるってことは、現在も恒常的に歯ぎしりが行われている証拠ですけど」

「え……」

高津さんは言葉を失ったあと、青ざめた顔で黙り込んでしまった。せっかく開きかけてた心の扉が、また閉まっちゃった感じ。どうすればいいんだろう？

診察室には気まずい空気が流れ、歌子さんが「この無神経」という顔で四谷さんを見ている。しかし四谷さんはおかまいなしに、話を続けた。こういうの、おたくっぽいって言うのかな。

「高津さんが歯ぎしりをしていると思われる現象は、他にも見受けられました。例えば先日このクリニックに来院したとき。あなたは受付の咲子さんと、目の疲れからくる肩こりの話をしましたね」

いきなり自分のことを話題に出されて、私はどきりとした。それに『咲子さん』なんて、初めて呼ばれるパターンだ。

「あなた方はそれをパソコンの使いすぎだと話していたようですが、歯ぎしりにも全く同じ症状があてはまります」

「え？　肩こりも、歯ぎしりでなったりするんですか？」

私は思わず、身を乗り出してしまう。すると横から成瀬先生が解説をしてくれた。

「歯ぎしりっていうのは、歯を自分で擦《こす》り合わせてしまう症状のことだよね。僕たちは普段でも物を食べるとき、顎に力を加えて歯を使っているだろ？」

「はい。それはそうですけど」

「そんなとき、歯にかかる力はおおよそ十から二十キログラムくらいなんだ。けど、歯ぎしりとなると顎は百キログラム以上の力を出すこともある」

それって、十倍以上の力ってこと？　私は自分の奥歯を静かに嚙みしめてみる。固いものを嚙んでも、これくらい。てことは、これの十倍って。

「やろうと思っても、出来ないくらいの力。それが歯ぎしりの力なんだよ。まれにスポーツ選手とかが、食いしばりすぎて同じくらいの力を出すこともあるけどね。だからさ、そんなことをやってたら顎や肩が緊張状態になって、肩こりが起こってもおかしくないだろ？」

「そんなこと、あるんですね……」

「起き抜けの頭痛も、歯ぎしりにはよく見られる症状だよ。歯ぎしりは無意識下の行動だから、寝ているときやお酒を飲んだとき、つまり身体のリラックス時に起こりやすいんだ」

寝ている間に力一杯歯を食いしばっていれば、起きたときに肩こり経由の頭痛があってもおかしくはない。でも、リラックスしてるときに力を入れるのってなんだか納得がいかないな。私がつぶやくと、唯史おじさんが横で説明してくれた。

「歯ぎしりの原因は、今でもよくわかっていないんだ。大むね、嚙み合わせの不具合やストレス、ないしは疲れから起こるというのが定説だけど」

そう考えると、さっきの海外旅行での歯ぎしりは納得がいった。初めての海外。それに入社して初めての夏休み。まだ仕事にも慣れていなかっただろうし、きっと疲れがたまってたんだろうな。ん？　ていうことは、今も仕事が忙しいのかな。

「そしてあなたは、歯ぎしりを気にするあまり旅行を控えるようになった。違いますか」

四谷さん、またしても無神経発言。でも、旅行を控えるなんて、何でわかるんだろう。それに第一、私は彼女のバッグから旅行のパンフレットが覗いているのを見たっていうのに。

しかし意外なことに、高津さんはこくりとうなずいた。

「はい。できるかぎり泊まりは避けていますし、泊まる場合は誰かと同じ部屋で眠るのを避けています。仲のいい友人には事情を話しましたが、そうでないときはホテルにして部屋を分けたりしています」

特に海外旅行では、同室の友人と喧嘩してしまう確率が高い。それは女の子の間で、半ば常識となっているから不自然には聞こえなかっただろう。他にも奇数の人数で行くとか、一人部屋にしようと思ったら理由はけっこうある。だからそこまで恥ずかしい思いはしないですむはず。なのに、高津さんは旅行を控えてるの？　私が首をかしげると、四谷さんはちらりとこっちを見て、信じられないような言葉を口にした。

「咲子さん、歯を出してにっと笑って下さい」

いきなりのことに、私はうろたえる。診察されるみたいで、そんなの嫌だ。

「は、歯を出すって、何ですか」

しかし四谷さんはそんな私を尻目に、デジタルカメラを持って近づいて来る。

「そこに座ったままでいいから、笑って」

すっごい、やだ。でもしようがないから、私はひきつったハリウッド・スマイルを無理やり披露した。すると次に四谷さんは、高津さんにも同じことを要求する。そして画像をパソコンの画面で再生し、二つの歯を並べて見せた。やだ。私の歯、なんか黄色っぽくない？

「右が咲子さん、左が高津さんです。咲子さん、二人の相違点が見てわかりますか」

「……私の方が黄色いです」

しぶしぶ答えると、四谷さんはよくできましたと言わんばかりにうなずいた。

「そう、確かに咲子さんの方が黄色く見えます。けれどそれは逆で、高津さんが白すぎるんです。咲子さんは自然な歯の色をしています」

「ああ、審美ね」

後ろで歌子さんが声を上げる。審美って何、と私は小声で唯史おじさんにたずねる。おじさんの説明によると、歯医者さんにもエステみたいに美を追求するタイプの部門があるらしく、それを審美歯科というらしい。よく芸能人とかが歯を真っ白にしてる、あれのことだぞうだ。

「高津さんは、当クリニックで治療を受ける以前に審美歯科に通っていた。それは悪いことではありません。そしてその際、虫歯の治療も受けたと思われます」

「そこまで、わかるんですか……？」

おそるおそる、といった感じで高津さんがたずねる。

「はい。歯を見ればそれくらいはすぐにわかります。けれどここで問題なのは、その審美歯科の医師が、あなたの歯ぎしりを知らなかったことにあります」

「特に聞かれなかったし、私も自分からは言いませんでしたけど……」

確かに、歯を見栄え良くするのにわざわざ「歯ぎしりがあるんです」なんて言わないかも。

「あなたの症状に気づかなかった医師は、ごく普通の手順で、ごく普通の素材を使ってあなたの歯を仕上げた」

「それの、どこが悪かったんですか？」

不審そうな顔で聞き返す高津さんの前に、四谷さんは白い石を置いた。

「これは審美歯科でよく使われるセラミック素材です。あなたの歯にも、これが使用されています」

「セラミック、って陶磁器のこと？」

歯に焼き物を使うのかと、私は一瞬ぎょっとした。けれど四谷さんは首を横にふった。

「似ていますが、少し違います。厳密に種類を分けるならば、これは硬質ガラスというものに近い。発色が良く、自然に近い仕上がりなので優れた素材なのですが、歯ぎしりのある人が使うと摩耗してしまうという問題点があります」

摩耗、ということは自分で歯をすり減らしているんだろうか。なんだか口の中がじゃりじゃりしそうで、ちょっといただけない。

「歯が摩耗すると、嚙み合わせが悪くなります。上下がすれ違った歯を使い続けたら、顎が疲れてしまうし、ずれた歯によって冠を押しのけてしまうこともあるでしょう」

カルテにあった昨年末の来院理由は、確か冠の不具合だったっけ。高津さんを見ると、彼女はうつむいてぽつりともらした。

「良かれと思ったことが、裏目に出ちゃったんですね。何やってるんだろう、私……」

そんな彼女に、春日さんが明るい声をかける。

「大丈夫ですよ! 原因がわかれば解決は簡単ですから。要するに、高津さんの治療にはセラミックより摩耗しにくい素材を使えばいいだけなんですから」

「そうですよ。それに歯ぎしり用のマウスピースを作れば、旅行だって安心です」

中野さんの言葉に、高津さんは顔を上げた。

「マウスピース? それってボクサーが口に入れてるような物ですか?」

ああ。よくテレビで選手が口から出しているあれのことね。でも、あれってかなり大きいし、見栄えがよくないような気がするんだけど。するとその不安を読んだように、唯史おじさんがフォローしてくれた。

「同じ理由で使いますけど、あんなに大きかったり、目立つ色にはしませんよ。色はシリコンだから透明で、大きさはちょうどこれくらいです」

手近な引き出しから持ってきたマウスピースは、ボクサーの物よりずっと薄くて、口に入れても「もがっ」とはしそうにない。これなら、自然かも。そう感じたのは高津さんも同じだったようで、彼女もほっとした表情を浮かべていた。

「本当ですね……。これなら、私も皆と同じ部屋で眠れるかしら」

「もちろんですよ。そして噛み合わせを整えながら、ゆっくり治療していけば歯ぎしりも軽減していくはずです」

唯史おじさんの言葉に、高津さんは小さな声で良かった、とつぶやく。彼女に向かって微笑むおじさんは、コックさんでもプロレスラーでもなく、やっぱりお医者さんそのものだった。

場がおだやかな空気に包まれ、なんとなくこの騒動が終わりつつあるように感じたそのとき、誰かが立ち上がる気配がした。またもや四谷さんかと思い、無神経発言に備えて私は彼の方をきっと睨《にら》んだ。しかし予想に反して四谷さんは動いていない。となると、立ち上がった人物は。

「ちょっと、まだ彼氏の問題が残ってるんだけど」

よくびれた腰に両手を当てた、歌子さんだった。

＊

恋愛問題に強そう。歌子さんを見た人ならば、誰だってそう思うだろう。抜群のスタイルを誇示するような、サイズ小さめのナース服。きゅっと結い上げた髪によって露わになる、顎から首筋へのシャープなライン。そしてちょっと意地悪そうな眉に、ぽってりとした厚めの唇。ラテン系の美人とでも言えばいいのだろうか。私の第一印象は『濃い美人』だったけど。

「歯ぎしり問題は解決したわ。でも、それでどうして彼氏が怒鳴り込んで来るのかって話がまだじゃない？　そこ、解決しておく方が重要だと私は思うんだけど」

歌子さんの有無を言わせぬ迫力に、高津さんはいつの間にかこくこくと首を縦に振っている。本当は人前で話すようなことじゃないだろうに、いきおいって恐ろしいものだ。それを見た歌子さんは、にっこりと微笑む。

「そうでしょう？　女子的には二人の今後の方が心配よね。だからそこのところまで解決しちゃいましょう」

その宣言に、院長はうんうんとうなずき、成瀬先生と唯史おじさんは凍りついたように口を閉じている。触らぬ神に祟りなし。そんな声が聞こえてくるようだ。春日さんと中野さんは同情的な雰囲気を漂わせつつも、ちょっと興味ありげな表情。そして葛西さんと四谷さんは、やっぱり我関せずというか、クールなままだった。しかし歌子さんは、恋愛沙汰に最も縁遠い感じの四谷さんを指名する。

「というわけで四谷、わかってるんでしょ？　説明しなさい」

そんなこと言われても、あの人に感情の機微なんてわからなさそう。私はちょっと不安な気持ちで、四谷さんを見つめた。しかし彼は、またもや何か歯のような物を引き出しから出してくる。そんなので、気持ちの問題がわかるんだろうか。

「ええと、これは先日高津さんが来院したときに取れていた歯の詰め物です」

彼の手のひらの上に載せられたのは、小さなかけら。

「叶先生の問診に対し、あなたはガムを噛んでいたら取れたのだと答えましたね」

「はい……」

高津さんは、どこか怯《おび》えたような表情で四谷さんを見ている。

「しかしこの詰め物には、何かでひっかいたような跡が残っています。こんな跡は、どんなに固い物を噛んでもつくものではありません」

「じゃあ、自分で詰め物を取ったというのかね」

院長の言葉に、四谷さんはうなずいた。

「はい。もともと歯ぎしりで劣化し、一方の側が浮いていたかもしれませんが。要するに彼女は自分の意志でこの詰め物をむしり取ったんです」

「どうして、そんなことを！」

自分で自分の歯の詰め物を取る。自分には想像がつかないような行動に、私は思わず声を上げてしまう。そんな私をちらりと見て、四谷さんは答えた。

「このクリニックに来る、正当な理由を作るためですよ」

どうしても歯医者に来なきゃいけない。そんなことが日常生活にあっていいものなんだろうか？　首をひねる私に、四谷さんが逆に質問してきた。

「咲子さん、例の男性は怒鳴り込んできたとき、何て言っていましたっけ」

「え？　それは……」

私は頭の中で、昨日の出来事を再生してみる。荒い足音。勢いよく開けられたドア。そして。

『時間が、かかりすぎるんだよ。どんな丁寧な仕事か知らないけど、患者の私生活にまで影響を与えるのってどうかな』

そうだ。こんなこと言ってたっけ。私が答えると、また質問を返される。

「では咲子さん、今は何月ですか」

「はい？　七月ですけど」

今が何月かなんて、この件に関係あるんだろうか。私は疑問を覚えながらも、四谷さんの問いに答えてゆく。

「そして叶先生、冠の不具合があったのはいつでしたっけ」

「ええと、昨年末だね」

カルテをめくった唯史おじさんも、不思議そうな顔をしている。しかしそのとき、中野さんがはっとした表情でカレンダーをめくった。

「休日の前。高津さんが来院しているのは、全部お休みの前です」

虫歯治療の時は夏休み、冠の不具合は暮れの休み、そして今回はまた夏休み。確かに彼女は長い休みの前ばかり歯医者にかかっている。

「そう。高津さんは、社会人として休みが取れる貴重な時期にばかり来院している。それはおそらく、あの男性に歯ぎしりを聞かれたくないからではないでしょうか」

またもや結果先行の話で、理由がわからない。しかし高津さんはそれを否定もせず、ただ青ざめたまま黙っている。そんな中、いち早く院長が四谷さんの意図に気づいた。

「四谷くん、それは彼女が旅行を断る言い訳として、当クリニックに通院していたということかね」

「はい。おそらく高津さんは長い休みの前ごとに、彼から旅行の話を持ちかけられていたと思われます」

あ、そうか。そこまで聞いて私はようやく四谷さんの言いたいことがわかった。高津さんは、彼に歯ぎしりを知られたくないから、あらかじめ休みの前に歯医者にかかってたんだ。しかも実際より長い期間通っているふりをしたから、彼が怒鳴り込んできたってことか。

「治療に時間がかかる、っていうのはそのことか」

成瀬先生がぽつりともらす。

「そして今回は、ぐらつきはじめた詰め物を自分で取った。そういうことですか」

唯史おじさんのため息。

「そしてさらにつけ加えるならば、咲子さん。あの男性は薬に関しても何か言っていましたね」

「え？　あ、はい」

また唐突に発言を求められ、私はどぎまぎしてしまう。だから『咲子さん』、なんて呼ばれるのは慣れてないんだってば。

「あの、彼は薬が多すぎるって言ってました。風呂にも入れない強い薬をそうそう処方してたら、身体に悪いだろうって」

「なるほど。今回の旅行先は温泉だったってわけ」

その歌子さんの言葉で、高津さんの顔がくしゃりと歪んだ。

　　　　＊

　高津さんは、抑えていた気持ちを吐き出すように大きな声で泣いた。あんまりにも派手な泣き方に私はびっくりしたけど、皆はただ静かに彼女が泣きやむのを待っていた。医療関係者って、こういうとこクールなのかな。私にはそれがちょっと冷たく思えて、つい彼女の背中をさすったり、慰めたりしてしまった。

「ありがとう……」

　高津さんが泣きやんだ頃、私の手元にすっと冷たい水とおしぼりが渡される。顔を上げると、そこには中野さんの笑顔があった。

「今冷やしておかないと、あとで彼に会えない顔になっちゃうから」

　そうか。冷たいんじゃなくて、ポイントを知ってるだけなんだ。私はまたしても自分一人がおろおろしていたことを思い知らされる。やだなあ、本当に恥ずかしいったらない。

　落ち着きを取り戻した高津さんは、静かに彼とのことを話しはじめた。

「彼と知り合ったのは、就職してからです。この近くの会社に勤める彼と、ランチの行列で知り合って、それからつきあうようになりました」

　普通の恋人同士だった二人。しかし彼女は間もなく、例の海外旅行で自分の歯ぎしりを思い知らされることとなる。

「もう、絶対に泊まれない。そう思いました」

しかし長くつきあっていれば、いつかは泊まりのデートだってあるだろう。そして彼がそんな話を切りだしたのは、去年の夏前だったという。慌てた彼女は、ちょうど春の検診で見つかったまま放って置いた虫歯の治療を思い出し、旅行を断った。そして同じような理由で、クリスマスも日帰りのデートを重ねてゆく。

「でも、いいかげんおかしいって彼も思ってたんです。だから今回は、強い薬を飲んでいるのでお風呂に入れない。そう言ったんです」

それを聞いた後、彼がここへ怒鳴り込んできた。ちなみに彼女が飲んでいたのはただのビタミン剤だったらしい。

「彼のこと、本当に好きなんです。だから言えなくて……！」

再び嗚咽《おえつ》を漏らす彼女の肩を、歌子さんが力強く叩く。

「大丈夫よ。理由がわかれば、なあんだって話なんだから。それに彼が好きで言えなかったんだから、彼にとってみればちょっと嬉しいくらいだと思うけど」

「そうですよ。歯ぎしりはマウスピースで抑えられるから、今年の夏は旅行に行けますし」

春日さんがティッシュを差し出しながら笑う。

「でも私、いいかげん彼に愛想を尽かされちゃったと思います……」

うつむく高津さんを励ましたくて、私は必死で頭の中を探る。あの男性。何か言ってたはず。

「そうだ！」

私の声に、皆がぎょっとしてふり向く。

「彼女の身体に何かあったら、どうするつもりなんだ。あの人、そう言ってました。薬が強いことで、高津さんの身体に影響があったらって心配してたんです」

そう。彼が怒ってたのは、彼女にじゃない。私たちに対してだ。いきおいこんで話す私を、四谷さんが珍しいものを見るような表情で見ている。

「もしあの人が高津さんのことを大切にしていなかったら、まず高津さんに対して怒りをぶつけていたはずです。でも、あの人はまず高津さんの身体を心配しました」

やけに診察回数の多い歯科医。多すぎる薬。彼女はおかしな医者にかかってはいないだろうか？　薬の飲み過ぎは、内臓に負担がかかるっていうし。そんな彼の心の動きは、私にだってわかる。

「つきあってる相手が体調を崩したとき、ただ面倒くさいって思う『彼氏』は結構多いです。だから……」

「だからあの人は、高津さんのことを真剣に好きなんだと思います！」

妙な沈黙が流れた。あれ。私、もしかして出過ぎた？　ていうか、空振った？

しかしその沈黙は、乾いた音によって破られた。四谷さんが、手を叩いている。それにつられるようにして、歌子さんが私の背中をばんばんと叩いた。

「サキちゃん、最高」

高津さんは、赤い頬のままにっこりと笑顔を浮かべている。

「ありがとう。私、このクリニックに来て本当に良かった」

「いえそんな、なんていうか、すいませんでした！」

人前で恋愛論を語った恥ずかしさが、今になって押し寄せてくる。私は熱くなる頬を両手で冷やしながら、給湯室へと駆け込んだ。そのとき、脇を通った四谷さんが小さく「ハッピーエンド」とつぶやくのが聞こえた。

＊

高津さんが帰った後、皆でもう一度ミーティングをした。歯科医をやっていれば、こんなケースもまたあることだろう。そのときになって慌てないよう、我々ももっと患者の気持ちを考えなければならない。私は深くうなずきながら、歯医者さんも大変だなと思っていた。

しかし、院長の言葉は次第に不穏な雰囲気を増してゆく。

「こんなことがないように、我がクリニックでは今後お客様との対話をもっと重視していこうと思う。そして第二のカルテとして、お客様の生活や仕事を反映させた資料を作成し、治療に役立てよう」

それは良い考えだと思いますが、院長、なんで私の方ばっかり見てるの？

「そしてお客様と最初に接するのは、受付にいる人間だ。待ち時間の間、雑談として情報を集め、それをまとめてもらいたい」

「え？　あの、それって……」

「頼んだよ、サキくん」

辞めさせて下さい。そんな言葉が喉元までせり上がってきていた。だって私、ただのバイトだし。それに第一、歯医者なんて大っ嫌いなんだから。

「もちろん、ただとは言わない。追加のアルバイト料を上乗せしよう」

……でも、ここのスタッフは皆いい人だよね。場所も通いやすいし。それにえーと、自分の仕事を与えられるってことは、評価してもらったって考えられなくもないよね？　私は笑顔でうなずく院長に向かって、金縛りのような笑顔を返した。

＊

「で、結局続けることにしたんだ」

「しょうがなくね」

携帯電話を持ったまま、私はベッドの上でごろごろしている。

「でもさ、ちょっとロマンチックじゃない？」

電話の声が、風で遠くなったり近くなったりしている。ヒロちゃんは今、石垣島にいるのだ。

「ロマンチック、かなあ。確かに彼氏はいい人かもしれないけど」

「だってその女の人、いっつも泊まらないで帰ってきてたわけでしょ？」

「そうだよ」

私はヒロちゃんの言いたいことがよくわからずに、ぬいぐるみのクマをはがいじめにする。

「それってさ、まるで」

ヒロちゃんの言葉を、強い風がさらう。私はその拍子に切れてしまった携帯電話を見つめて、最後の言葉をそっとくり返した。

「シンデレラみたい、か」

夏休みはまだ、はじまったばかりだ。

ファントムvs.ファントム

笑顔。笑顔。人を安心させるような笑顔って、こんな感じ？　それとも信頼感が増すように、少ししっかりした表情の方がいいのかな。

「サキ、なにやってんだ」

洗面所の鏡の前で、一人百面相をしていた私は、背後からの声に驚いて振りかえる。そこにいるのは、ちょっと細面《ほそおもて》で優しい目をしたおじさん。叶和義《かずよし》、私のパパだ。

「ああ、パパ」

「プリクラブームは去ったはずだけど、写真映りでも研究してるのかい？」

髭《ひげ》を剃りにきたパパは、シェービングフォームを手のひらに盛り上げながらたずねた。

「違う違う、バイトの練習よ。ほら、唯史おじさんのとこの」

「そうか、受付嬢だったっけ。だったら確かに笑顔は大事だな」

生クリームのような泡を顎に塗りつけてから、パパは剃刀《かみそり》を滑らせる。普段は不器用なのに、なぜか刃物の扱いだけは長《た》けている。私からすると、安全ガードのついてない剃刀なんて、ただの凶器にしか見えないんだけど。

「でもそんなに心配しなくたって大丈夫。サキは普段どおりの笑顔で充分素敵なんだから。だってそうだろう？　サキの笑顔は、輝いてるっていうか、なんていうか、ともかく、えも言われぬ魅力があるんだよなあ」

出た。私はパパに気づかれないよう、心の中でため息をつく。そしてママの声を借りて言い聞かせる。サキ、パパはあんたを普通に愛してくれてるつもりなの。ただちょっと表現が大げさで、ちょっと行動が行き過ぎるきらいはあるけど、あれがパパなりに「普通」な愛情表現なんだから、受け入れてあげてね。

そこで私は鏡越しのパパに向かって、にっこりと微笑む。

「ありがと。がんばるね。パパもお仕事頑張って」

「もちろん！　サキに送りだしてもらうと、百人力だよ。お礼に今日はケーキでも買って帰るからね」

「そんなの気にしなくていいから、ほら」

タオルを渡すと、パパが泡だらけのまま目で笑った。柔らかくて、優しい笑み。そうか、こういう笑顔がいいのか。

「まったく、しようがないわね、あの人。いつまでたっても謙遜って言葉を覚えないんだから」

私たちの会話を聞いていたママが、苦笑しながらドアを開ける。すると洗面所から「あ、もちろん園子《そのこ》さんの笑顔は百万馬力だからねー」というのんきな声が聞こえてきた。私とママは顔を見合わせ、ふうっとため息をつく。

＊

地下鉄の出口を出ると、まるで違う国に来てしまったような気がした。

家の近所にある駅は夏ならではの喧噪に包まれ、そこかしこで原色の服や看板を目にしていたというのに、そこから三十分、電車に乗っただけでこの静けさ。同じ日本の、同じ夏なのだとはどうしても思えない。

真夏のオフィス街は、ときどき無人の廃墟みたいに見える。通勤の時間からちょっとずれた時間帯、人通りがぱたりと途絶えた通路を私は一人歩いていた。ぺたんこのミュールが、かたことと寂しげな音を響かせる。強い日射しのせいで真っ暗な闇になる日陰。まるで、キリコの絵の中に入り込んでしまったみたいだ。光と闇に染め分けられた世界では、汗ばむ額だけが現実を思い起こさせる。

なんだか、ここで私がふいと消えてしまってもおかしくないみたい。突然自分が恐ろしくちっぽけな存在に感じられて、私は妙な不安に駆られた。思わず、ミュールを鳴らして急ぎ足になる。そう、バイトに行かなくちゃ。こんなこと考えちゃうのって、きっと暇な証拠なんだから。

「おはようございます」

『品川ＤＣ』と書かれたドアを開けると、すうっと涼しい空気に包まれた。

「おはよう」

「おはよう、サキちゃん」

口々に返ってくる、挨拶の言葉。うん、現実だ。私はほっと肩の力を抜くと、奥にある事務室へと向かう。更衣室を兼ねたロッカールームへ入ると、そこには髪の毛を結い上げている最中の歌子さんがいた。

「あら、おはようサキちゃん。すごい汗ね。朝からジョギングでもしてきたの？」

言われてみれば、先刻の早足のせいで私はしっとりと汗をかいている。

「え？　あの、ちょっと遅刻しそうになっちゃったので……」

よもや、アーティスティックな物思いからくる不安のせいですとは言えず、曖昧な笑みを顔に浮かべた。

「エアコンで冷えて風邪ひかないようにね。あとこれ、よかったら使って」

ひとすじの後れ毛をピンできっちり留め終えた歌子さんは、ウエットティッシュの包みを置いていってくれた。「お肌さらさら、汗をかいても爽快！」と書いてある、ボディ用の物だ。接客業だし、汗くさかったらいけないもんね。私はまた一つ注意事項を心に留めて、着替えを終えた。

受付の席に座り、パソコンを立ち上げる。すべてが立ち上がるまでの間に、カウンター周りの軽い拭き掃除。問診票をバインダーにセットして、観葉植物に水をやる。それからお客様用のソファにあるクッションをぽんぽんと叩いて膨らませ、雑誌の類を綺麗に並べ直しておく。カウンターの上に載っている歯のマスコット人形を正しい方向に向けて、ショップカードの補充を確かめ、最後に入り口の札を「WELCOME」にすれば準備はオーケー。品川デンタルクリニックの開院だ。

大学が夏休みとはいえ、世間では働いている人の方が多い。本当にこの街が無人になるのは、お盆とお正月の時だけなのよと中野さんが教えてくれた。だからうちのまとまった休みも、そこに合わせてるの、とも。けれどお正月と違って、夏の休みはお盆からずらして取る人も多い。そんなわけで、今日もまた予約のリストはきれいに埋まっている。

午前のお客様は六人。唯史おじさんと、成瀬先生が三人ずつ受け持つ。そのサポートをするのは、歌子さんと中野さんと春日さんの歯科衛生士さんたち。院長は、特別なお客様以外は受け持たないらしく、たいていは重役出勤。事務方の葛西さんは、いつも一番に出勤して鍵を開けてくれたあと、カルテの整理やお金の管理をしている。そして出勤したとたん、小さな部屋に閉じこもる歯科技工士、四谷さん。ついでにこの間から「二枚目の問診票」係に任命された私、叶咲子を加えれば品川デンタルクリニックの全員が揃ったことになる。

「あの、今日はお出かけですか？」

出勤にしては派手なシャツを着たお客様に声をかけると、よく焼けた顔でにっと笑う。

「ああ、よくわかったね。今日は会社で待ち合わせて、夜の飛行機でグアムに行くんだよ。夏なのに暑いとこ行くってのもなんだけどさ、こっちの方面のつきあいもあってね」

そう言って、両手で棒を振る仕草。なるほど、ゴルフがご趣味、と私はメモをとる。もちろん、その手はお客様の死角になっているのだけれど。

「でもさ、暑い中でプレイしたあとのビール、これがうまいんだよね」

普段は日本酒派なんだけど、あれだけはビールじゃなきゃ、と嬉しそうに語るおじさん。つまみは揚げ物が好みらしい。お酒も飲むけど、でも甘い物も嫌いじゃない。ていうか、むしろ和菓子、それも大福は大好き。飲んだ後に食べるとたまんないよね、だって。はっきり言って、おじさんの食べものの好みなんて、バイトでなきゃこれっぽっちの興味もない。けど院長には「食生活と生活スタイル、趣味などは歯に影響しやすい事項だから、どうでもいいような情報でもとりあえず書いておくこと」と念を押されたし。

そしてお昼前。順調にお客様をこなし、午前のお客様はあと一人。若いOLさんは、年も近いせいか気安くお話ができた。でも、不思議な気分。こうやって雑談めいたやりとりでその人の生活を調べるなんて、まるで探偵か刑事にでもなったみたい。だけど相手が嫌がるようなことは聞かないし、やけに突っ込んで聞くわけでもないから、ごく平和なやりとりにしかならないんだけど。

ともあれ、私は与えられた仕事をなんとかこなせた気分でメモの内容をパソコンに入力している。するとそのとき、カウンターの上の電話が涼しげな音で鳴った。

「はい、こちらは品川デンタルクリニックです」

受話器を取ると、男性の声が聞こえてくる。

「あの、会社に来てから急に虫歯が痛み出して……そちらにかかったことはないんですが、近くて便利だと同僚に教わりまして」

中年の男性と思われる、しっかりとした喋り方。でも、歯が気になるのか不安そうな声。私は励ますように、明るい声を出した。

「保険証はお持ちですか？　ええ、でしたら大丈夫だと思います。予約の状況をみて調整しますので、少々お待ち下さいね」

私は保留のボタンを押すと、葛西さんに急患の電話を告げた。このクリニックは完全予約制だけど、急患はほとんど無条件で受けつけている。今日は特に忙しいわけでもないから、午後の一番に入れられますとの返事。

「お待たせいたしました。では、午後一時にいらしていただけますか」

「よろしくお願いします」

ふっと息をつく気配。歯が痛くて、でも近くに行きつけの歯医者がなくて不安だったんだろうな。私は思わず、余計な一言をつけ加えてしまう。

「あの」

「はい？」

「お辛いでしょうが、あとちょっとです。がんばって下さいね。お待ちしてますから」

一瞬の間。けどすぐ後に、笑ったような声。

「ありがとう。歯医者は得意じゃないんだが、少し気が楽になったよ」

くだけた雰囲気の声を残して、電話が切れた。私は午後の来院にそなえ、新規のメンバーズカードを作るための書類をデスクから取り出す。

＊

ほんじょうです、とその人は電話で名乗っていた。一時に行きますとも。

そして今は一時。目の前に、一人の男性が立っている。けど私には、この人が電話の「ほんじょうさん」だとはどうしても思えなかった。

中年、というより限りなく老年に近づいているおじさま。歯が痛いのを我慢しているのか、眉間には思いっきり皺が寄っている。

「電話」

入り口を開けてカウンターの前に立ったその人は、ただ一言告げた。

「え？」

一瞬、虚をつかれた私はどう返していいのかわからなかった。首をかしげた私を、相手は苛《いら》だたしそうに見つめている。次の瞬間、私は彼が電話をしてきた「ほんじょうさん」だと思い至った。

「あ、お電話をいただいたほんじょうさまですね。申し訳ありません。お手数ですがこちらの問診票にご記入いただいた後、保険証と一緒に出していただけますか」

慌てて問診票の挟まったバインダーを渡すと、彼はひったくるようにそれを持ってソファにどっかりと腰を下ろした。なんだろう、私、何か失礼なことしちゃったのかな。しばらくして、投げ出されるように置かれた問診票を見ると、そこには「本庄義和《ほんじょうよしかず》」と書かれていた。

（パパの名前とそっくりだ）

和義と義和。ひっくり返せば同じだけど、人間のタイプだってひっくり返ってるみたい。うちのパパはおだやかで、人が良くて、ちょっと頼りない。でも本庄さんは苛々してて、意地悪そうで、やり手って感じ。黒縁の眼鏡を指で何度も押し上げているところなんか、漫画に出てくる神経質な教頭先生みたいだ。

（でも、お客様なんだし。それにさっきより悪化して、ものすごく痛いから不機嫌なのかもしれないし）

問診票と保険証を葛西さんに手渡してから、私は恐る恐る本庄さんに話しかける。

「あの、本日のご来院は虫歯ということですが、何日くらい前から」

カウンターから離れたソファにどっかりと腰を下ろしていた本庄さんは、むすっとした表情で答えた。

「電話で伝えたはずだ」

あ、そうか。確かに電話で本庄さんは「今日会社に来てから痛み出して」って言ってたっけ。二度手間な質問なんて、もっと怒らせちゃう。冷静に考えて、話をしなくちゃ。私は必死に会話の糸口を探した。そうだ。

「同じ会社の方から当医院をご紹介いただいたんですよね。もしよろしければ、その方のお名前を教えていただけますか？」

うん、これなら不自然じゃない。すると本庄さんは雑誌から顔を上げずに「北本《きたもと》」と告げる。この人、なんでここまで言葉を省略するんだろう。教えてくれた相手なんだから、「北本さん」くらい言ってもいいと思うんだけど。

顧客リストを検索すると、幸いにも北本さんは一人。北本拓郎《たくろう》さん、確かにすぐ近くの会社だ。次の来院はちょうど明日。そのときに、お客様を紹介して下さったお礼を言うこと、と但し書きの欄に打ち込む。

経済誌で顔を覆うようにしている本庄さんに対し、私は心の中で降参の白旗を揚げた。理由はわからないけど、ここまで拒絶のサインを出されたら、何を聞いても失礼に当たりそう。とりあえず、治療が終わって痛みがひいてから話しかけることにしよう。私はそれから本庄さんの名前が呼ばれるまで、静かに事務作業をしていた。

しかし、治療後も本庄さんの態度は変わらなかった。よほど深い虫歯だったのか、口元を片手で押さえながら、眉間に皺を寄せている。血とか、出たのかな。私はちょっと怖くなって、診察室の方をちらりと見た。

「あの、次のご予約なんですが、いつがよろしいですか?」

精算後、私が空いている日時を見せると、本庄さんはぼそりとつぶやいた。あまりにも低い声だったので、私は思わず身を乗り出して「え?」と聞き返してしまった。言った後でまずい、と思ったけど時すでに遅し。本庄さんの表情はさらに険しくなっていた。顎を引いて、私から顔をそむけ、じろりと横目でにらむ。使えないバイトだ、と言われているようで身が縮んだ。

「二回で済ませてくれと、言ったんだ」

「二回、ですか」

「急ぎの仕事がある。だから二回」

希望はわかるけど、でも治療に関しては先生の指示を仰がないといけないんです。少々お待ちいただけますか、と私が言うと本庄さんはむっとした表情でカレンダーの日付を指さした。明日の最後の時間。

「また待たされるならもういい。ここで予約する。そのかわり今言ったことを医師にも伝えておいてくれ」

「わかりました。では明日、お待ちしております」

私が深々と頭を下げている間に、本庄さんはドアを乱暴に閉めて姿を消した。なんだったんだろう、ほんとに。


「あの人、ほんっとにやりにくかったわ」

三時のお茶の時間、かりんとうをごりごりと囓《かじ》りながら歌子さんがぼやいた。

「あの人って、本庄さんですか」

「そうよ。聞くところによると、受付でも失礼な態度だったって言うじゃない？」

なんで歌子さんが知ってるんだろう。首をかしげる私の背後で、渋茶を啜《すす》りながら、葛西さんがうなずいた。

「ええ。サキさんが丁寧に話しかけても、聞く耳持たぬという風情でしたね」

見てくれてたんだ。そう思うと、ちょっと嬉しくなる。

「でもなんであんなにぴりぴりしてるんでしょうね」

お茶のおかわりを注ぎながら、中野さんがつぶやいた。すると成瀬先生が、顔の前でぶんぶんと手を振る。

「ああいうのは性格！　でなきゃ仕事のし過ぎだよ。二回で済ませろなんてさ、よっぽど忙しくなきゃ言わないって。本庄さんは、忙しすぎて周りが見えなくなってるんだ」

「でも、仕事のせいだとしたら、よほどお疲れなんでしょうね」

ストレスと疲労は唾液の分泌を減らすから、虫歯のもとなのに。そう言って中野さんは悲しそうにうつむく。

「どっちにしても、俺たちにしてやれることは、虫歯を治すことくらいだね」

ガチガチの企業戦士なんて、もう絶滅危惧種だけどな。成瀬先生はお茶を飲み干すと、中野さんと共に再び診察室へと戻っていった。その入れ替わりに、唯史おじさんと春日さん、それに四谷さんが休憩に訪れる。

「サキ、大変だったな」

「ううん、そんなでもなかった。葛西さんも見ててくれたし。でも、本庄さんはおじさんと春日さんの担当なんでしょう？　治療の方が大変だったんじゃないの？」

「そうなのよー、サキちゃん。あの人、すっごい虫歯持ってるくせに、なかなか口を開けてくれないのよー。しかもその虫歯、けっこう奥なの！」

相変わらず力の抜けるような甘ったるい声で、春日さんは唇をとがらせた。私は三人分のお茶を淹《い》れると、それぞれの前に置く。

「そもそも、あの人絶対嘘ついてるし」

「え？　嘘って、なんですか」

私がたずねると、春日さんは奥歯の辺りのほっぺたを、つんとつついて見せた。そういう仕草をすると、本当にアニメのキャラクターっぽくて、見てるこっちが照れてしまう。でも、唯史おじさんはそれに慣れているのか、当たり前のように彼女の補足をした。

「本庄さんはね、奥歯の近くの歯茎がすごく腫《は》れてたんだよ」

虫歯がひどくなると、熱を持ってその周囲が腫れるのは私だって知っている。

「つまりね、その腫れ方からして、昨日今日じゃない感じなのよ。あれは、どう見たって痛み出してから数日間、ほったらかしにしておいた結果。だから今日突然痛み出したなんて、真っ赤な嘘」

そもそも、歯に正露丸を詰め込んだ形跡があったんだから、と春日さんは力説した。

「多分医者にかからずに済ませたくって、ぎりぎりまで我慢したのよ」

歌子さんが綺麗に整えられた眉をひそめて言う。

「しかも、二回で済ませる予定が組めないなら、治療は断るとか言い出して」

ほんっと困るんだから。春日さんの台詞で、私は本庄さんが診察室でも同じ問答を繰り広げていたことを知った。そんな彼を、春日さんはなだめすかしてレントゲンだけ撮らせてもらったらしい。歌子さんは、その写真を指でつまんでひらひらと揺らした。

「これ、結構根が深い虫歯だったのよ。だからどこの医者へ行ったって二日じゃ無理だって言ってやったわ。我慢したってなんの得にもならないし、時間もお金も、ひどくなればなるほどかかるってこと、冷静に考えればわかるはずですけど、って」

「歌子さんがそう言って説得してくれたから、本庄さんはなんとか口を開いてくれたみたい」

怒った歌子さんが理詰めで話したら、逆らうことのできる人なんていないんじゃないだろうか。きゅっとくびれたウエストに手を当てて仁王立ちになった歌子さんは、スペイン映画に登場するような迫力美人だし。

「でも、口を開かないなんておかしいですよね。自分から治療を申し込んでるのに」

私のつぶやきに、歌子さんは指を振る。

「でもサキちゃん、こういうケースって実は珍しくないのよ。自分から来ておいて、治療に非協力的な患者って、結構多いの」

「子供じゃなくても、ですか？」

「そうよ。大人はね、大人だから症状が出たら『治療にいかないといけない』と頭で思うわけ。で、予約して医者まで来ました。そしていざ治療をはじめましょう、という時になって『やっぱり嫌だな。怖いな。この医者は信用できないかも知れない』なんて気持ちがわいてくる。ほとんどの人は、そんな気持ちを理性で抑えて治療を受けるわ。けど、たまにそれがストレートに態度に出てしまう人がいるの」

「我慢、できないってことですか？」

自分のことを言われているようで、私はどきりとする。

「ううん。我慢とかじゃなくて、ただ単に『できない』のよ。そして本人には、それができていない自覚がないの」

「えっと、それって……」

「責任転嫁をしてるからだ」

向かいに座った四谷さんが、軽く混乱した私に説明をしてくれた。

「本庄さんのようなタイプの患者は、自分が治療を拒むなんて思っていない。そんな子供っぽいことをするはずがないんだと。だが、実際に態度は拒否を示している。それは何故か。きっと相手が悪いからだ。でなければ自分がこんな態度をとるはずがない。つまり、この医者が駄目なんだと思うことで、自分の行動を正当化してるんだ」

心と身体は一つの物だから、どうしたって連動してしまう。それはごく当たり前のこと。なのに、私たちはそれらをわざわざ切り離して生きてる。その不条理な感覚は、再び私をキリコの絵の中へと誘い込む。

「とはいえ、本庄さんの場合はプライドが高すぎるのが問題なのよ。そこまで精神的にいっちゃってるタイプでもないのは、理詰めの説得を聞き入れたことからもわかるし」

「そう。だから成瀬先生も『性格だ』と言ったんだろう。つまり、今後本庄さんに何を言われても、あまり気にしない方がいいということだ」

四谷さんは、最後に残ったかりんとうをがりりと囓りながら休憩室を後にした。ええっと、フォロー、してくれたんだろうか。私がぼんやりと四谷さんの去った方を見つめていると、春日さんがまた甘ったるい声でくすくすと笑う。

「ね、あれでサキちゃんのことなぐさめてるつもりなのよ、四谷さん」

手先はあんなに器用なのに、ねえ？　いたずらっぽく笑う春日さんの頭を、唯史おじさんがこつんと叩く。

「春日さん、あんまりからかうもんじゃないよ。彼は、本当のことしか言わない人なんだから」

本当のことしか言わない人。しかしその言葉が私に響いてくるのは、それから後のことだった。

＊

翌日、午前中の最後に北本さんが来院した。メンバーズカードの名前に気づいた私は、ぺこりと頭を下げる。

「北本様、昨日は本庄様をご紹介いただいてありがとうございました」

「いやいや、職場であんまりにもつらそうにしてたからね、ついおたくを勧めちゃったんだ」

北本さんは、本庄さんよりも少し若い。そして今が働き盛りのビジネスマンといった風情だからか、立ち居振る舞いにもそつがない。

「でもさ」

他の人間はいないのに、心持ち声をひそめて北本さんは私を見た。

「迷惑だったよね？　あの人、扱いにくかったでしょう」

「いえ、そんな……」

お客様の悪口を言うわけにはいかない。私は微妙な笑顔を作って、首をかしげた。

「いや、申し訳ないとは思ったんだけどね。あの人、以前はあんな風じゃなかったんだよ。僕の直属の上司だった頃なんか、すごく明るくて部下の面倒見の良い人でさ、僕もよく助けてもらったんだ。それが去年の末頃からか、あんな感じになっちゃってね。今では部署も違うから、何があったかはわからないけど」

でもかつての恩人が目の前で痛がってたら、放っておくわけにもいかないしさ。北本さんはそう言って、鞄からお菓子の箱を取り出した。

「つまらないものだけど、これ、皆さんで」

「そんな、いただけませんよ」

「いいから、迷惑料だと思って。それにこれ、院長の好物だから」

北本さんが私に箱を渡すと同時に、葛西さんが彼の名前を呼ぶ。北本さんは「じゃ、また後でね」と言い残し、待合室を去っていった。


がりがり、うぃーん、ずずーっ。恐怖の音が途切れなく聞こえてくる。私は少し大きな音が聞こえるたびに、びくりと身をすくませる。アルバイトも二週間目に入ろうかというのに、私の歯医者恐怖症は治る気配を見せない。

「サキさん、これお願いします」

怯える私に、葛西さんが打ち込み用の書類を渡してくれる。単純作業に没頭していれば恐怖がやわらぐので、私はこれ幸いとパソコンのキーボードに向かった。そして二枚目の書類に入ったところで、北本さんが診察室から出てきた。

「お疲れさまでした」

私が声をかけると、北本さんは振りかえる。

「今日でおしまいだってさ」

治療が終われば、後は半年に一度の検診に来るだけとなる。

「それは、おめでとうございます」

思わず口をついて出た言葉に、北本さんは笑った。

「ありがとう。ここは本当にいいクリニックだね」

一瞬、言葉を失ってしまった。なんだろう、なんか嬉しい。ものすごく苦手な場所なのに、居て良かった、そう思ってしまうほどに。

「あと、甘えるようで申し訳ないけど、本庄さんのこと、よろしく頼みます」

軽く頭を下げる北本さんに、私も慌てて頭を下げる。北本さんは、そんな私に向かって寂しそうな笑顔を見せた。

「あのひとは、右も左もわからない頃の僕を育ててくれた人なんだ。だから僕もあの人の力になりたいと思ってる。でも最近は飲みに誘っても断られるし、同じ部署の人間にもぞんざいな態度をとってるみたいだし、悪い噂ばかり耳に入ってきてね。

でも、僕は本庄さんの根っこの所は、変わっていないと思いたい。いや、変わっていないはずなんだ。なぜなら……」

「なぜなら？」

「本庄さんは、電話やメールといった個人的な用件でなら、今でもとても丁寧な言葉づかいをしてくれるからさ」

電話。確かに本庄さんは、予約の電話のとき、とても感じが良かった。

「だからきっと、あの態度には何か理由があるはずなんだ。だから本庄さんが失礼な振る舞いをしても、どうか見過ごしてあげて下さい」

北本さんはそう言って、今度は深く腰を折る。年上の男性に頭を下げられるなんて、生まれて初めての経験だ。思ってもみなかった事態に、私は軽く動揺してしまう。そんな表情を見てとったのか、北本さんは軽く手を振って言った。

「ああ、大丈夫だよ。これは君だけにお願いしてるわけじゃない。診察室で先生にもお願いしたから、そんなに気負わなくていいんだ。ただ、不快になることもあるだろうと思ってね」

先回りしてこちらの感情までフォローをしてくれる。北本さんの振る舞いは、格好良い大人そのものだ。でも、このクリニックに来てから、私は色々な人にフォローされてばかりいる。なんだか、自分だけ子供っぽく思えてきて情けない。せめて、きちんと顔を上げなくちゃ。

「ありがとうございます。でも、お気になさらないで下さい。どんな態度をとられようと、本庄様がお客様であることに変わりはありませんから」

そして、笑顔。今の私にできることって、やっぱりこれしかないから。

*

今日のランチは、自分で持ってきたお弁当だ。海へ行く予定もないのに、量が少なめでダイエットを意識したメニュー。でも毎日三時のおやつを食べてるんだから、これくらいにしておかないとね。

「あれ?」

でも蓋を開けても、なんだか食欲がわかない。もしかして、傷んでるのかな。そう思って臭いを嗅いでみても、問題はなさそうだ。私のお弁当を、正面に座った四谷さんがなんとはなしに見ている。彼の手元には、コンビニのお弁当。四谷さんは一人暮らしなのかな。そんなことを考えながら、私はとりあえずおかずだけつついてお茶をにごした。

午後の仕事では、不覚にもミスを連発してしまった。一文字違いのお客様を取り違えた上、予約の確認をしないままに帰そうとした。しかも慌ててカウンターに載っている人形は落っことすし、なんだか今日は調子が悪い。落ち込む私に、三時のおやつの声がかかった。

「ほらほら、サキちゃん元気出して。せっかくお菓子があるんだし、食べた食べた」

歌子さんが私の背中を押すようにして、椅子に座らせる。目の前に置かれたのは、小魚の形をした和菓子。皮でぎゅうひを包んだ、たしか鮎の名前のつくものだった気がする。落ち込んでいるせいかあまり食欲はないけど、とりあえず口に入れた。すると、超重役出勤の院長が幸せそうに目を細める。

「うん、やっぱりこの時期のは、格別だな」

そうか。北本さんが院長の好物だって言ってたっけ。でもこれって、特別珍しいお菓子じゃないし、そんなにおいしいとも思えないんだけど。しかし、それに同意するような声が全体から聞こえてきた。

「うん、うまい」

「ほんと、いい香りよねえ」

「夏の風物詩、ですね」

なんと、あんまりお菓子には関心のなさそうな四谷さんまでが深くうなずいている。もしかして、私だけ味のわからない人間なんだろうか。でも、ちょっと待って。

「あのう、いい香り、って何の香りですか？」

今ひとつ理解できない会話に、私はわりこんだ。すると皆が不思議そうな顔で私の方を見る。

「サキ、お前、感じないのか？」

唯史おじさんが、小さな鮎をつまみあげてたずねた。私は思わず、半分囓った鮎に鼻を近づける。

「感じないわ。だってもともとこのお菓子は、小麦粉の皮の匂いくらいしかしないし」

言いながら、私は自分の体の不調に気づいた。やだ、私ったら鼻がきかなくなってる。温かいお茶を口元に近づけても、香りが立ちのぼってこない。

「……鼻風邪、かもしれません。匂いがよくわからないんです」

そうつぶやくと、歌子さんがうなずいた。

「やっぱり。サキちゃん、朝すごく汗をかいてたでしょ。それで冷えたのよ。風邪のひきはじめっぽいから、今日は早めに帰りなさい」

「咲子くん、具合が悪いなら歌子くんの言うとおり早退しなさい」

院長の言葉に、私はかぶりを振る。

「大丈夫です。鼻がきかないだけで、熱や悪寒《おかん》があるわけじゃありませんから」

では症状が悪化しそうになったら、ただちに帰ること。そう約束させられて、三時のティータイムは終わった。立ち上がり際、私の横をすり抜けようとした四谷さんが、思い出したようにつぶやく。

「柚子《ゆず》味」

「え？」

ふり向いた私と、四谷さんの顔が偶然とても近づいた。石膏の粉だらけで若白髪みたいに見えるけど、意外と整った顔立ち。鼻筋も通ってるし、これで無表情じゃなかったら、かなり格好いいと思うんだけど。

「鮎の中のぎゅうひが、柚子味だったんだよ。あそこの店は、月ごとに違う風味の中身を作ってるんだ」

「そういうことだったんですか」

私がため息をつくと、四谷さんはうなずいて「あとで持ち帰り用の鮎をやるよ」と謎な発言を残し、技工室へと戻っていった。

*

今度は、メンバーズカードを放り投げられた。外がよほど暑かったのか、ハンカチを片手に持ったままだ。私はむっとした気分を顔に出さないよう注意しながら、本庄さんにほほえみかける。しかしすでに本庄さんは、カウンターから一番離れた場所でソファに座っていた。私はできるだけ静かに手続きを行い、彼をわずらわせることのないように心がける。しかし、鼻風邪はやはり時間と共に悪化していたらしい。よりによって席を立ち、カードを返そうと本庄さんに近寄った瞬間、私は大きなくしゃみをしてしまったのだ。飛沫《しぶき》こそかからなかったものの、かなりうるさかったはず。

「ごめんなさい！」

烈火のごとく怒り出すであろう本庄さんを想像して、私は鼻声のまま頭を下げた。しかし、意に反して本庄さんは静かに顔を上げる。

「風邪をひいているのか」

「いえ、あ、はい。鼻風邪です。熱も悪寒もありませんから、うつるようなものではないと思いますが」

「いや……別にかまわん」

雑誌に目を戻しながら、本庄さんは言った。

「それよりも、早く鼻をかみにいったらどうだね」

「はい、失礼しました！」

慌ててカウンターの中にあるティッシュをつかんで、トイレに入る。だって、本庄さんと二人きりの待合室でかむのはちょっと恥ずかしいから。大きな音を立てて鼻をかんでから、私はふと我に返った。なんか、今の本庄さんって、普通じゃなかった？

おそるおそる待合室に戻ると、本庄さんは同じ姿勢で雑誌を読んでいる。そしてしばらくして、葛西さんから呼び出されると彼はおとなしく診察室に入っていった。もしかして、今日はあまり痛んでいないのかも。私がほっと肩の力を抜いた瞬間、部屋の中から大きな声がした。怒りを含んだ声は、やっぱり本庄さん。そしてそれをなだめるような、唯史おじさんの落ち着いた声。

「おかしいですね。今日はあの方、おだやかなのかと思っていたのに」

葛西さんが首をかしげた。

「私もそう思ってました」

じゃあ、あんまりにも治療が痛かったとか？　でもそういう悲鳴のような雰囲気でもなかった気がする。

「なんにせよ、精算のときにはおだやかでいていただきたいものですが」

その希望的観測に、私は深く同意して治療が終わるのを待った。


「お疲れさまです」

戻ってきた本庄さんに、私は手渡す物を整える。今日は削って神経を抜いたそうだから、痛み止めの薬が処方されていた。ただの鎮痛剤と消炎剤だけれど、診察室から出てきた春日さんが薬についての説明をしている。マスク姿の彼女は、いつもよりほんの少し大人っぽく、きりりとして見えた。そのせいか、本庄さんもおとなしく説明を聞いている。じゃあさっきの怒号はなんだったんだろう。

春日さんが診察室に戻ったあと、精算のため本庄さんがカウンターに近づいてきた。私はくしゃみをこらえつつ、精算書をトレイの上に載せた。すると本庄さんは、ごく普通にそれを手にとって、お札を置く。受けとったお金を確認しようと下を向いた瞬間、なんと鼻の奥から鼻水が流れてくる感触があった。まるで花粉症みたいに無自覚に出てくる鼻水は、すすり上げたところでどうにもなるものではない。しかも、目の前にはあの本庄さんが立っている。きっと、何をしても怒られるだろう。だったらいさぎよく、ここで鼻をかんだ方がお待たせしなくてすむ。そう考えた私は、葛西さんにトレイを渡しながらカウンターに背を向けて鼻をかんだ。

「鼻が利かないのか」

仏頂面で話しかけられ、私は驚いてティッシュを片手に振りかえる。

「は、はい。おかげで何を食べてもおいしくなくって。嗅覚って大事なんですね。せっかくの季節物の和菓子も、味がわからないなんて」

返事をしながら、もう一人の自分が頭の中で叫んでる。ばかばか、会話は必要最小限にしなさいよ。

「お弁当も、暑さのせいでおかしくなっちゃったのかと思ってたら、おかしくなったのは私の方だったんですよ」

なに冗談まで言ってるのよ、ああもう。私は思わず頭を垂れる。けれど、意に反して頭上からはぷっとふきだしたような声がした。顔を上げると、そこには本庄さんが立っている。

「それはお大事に」

「……え？」

「夏風邪はこじらせると長いから」

驚いた私が顔を上げたとき、本庄さんは笑っていた。口の端っこで、ほんのちょっぴりだったけど、それは確かに笑顔だった。

「サキ、大丈夫だったか？」

本庄さんが次回の予約をして帰った後、診察室から唯史おじさんが出てくる。今日の予約は本庄さんで最後だから、品川クリニックも閉院の時間なのだ。

「うん、大丈夫。っていうか、優しかった」

「優しい？」

怪訝《けげん》そうな表情の唯史おじさん。そうだよね、さっき怒鳴られてたはずだし。けど、私はなんだかぼんやりとしはじめた頭でうなずく。

「優しかったの。お大事にって言ってくれたんだから」

「サキ、お前顔が赤いぞ。熱があるんじゃないのか」

「そうかなあ？　私は平気だけど」

むしろふわふわして気持ちいいくらいだし。そう言って笑う私のおでこに、唯史おじさんがぺたりと手のひらを当てた。ああ、ひんやりして気持ちいい。

「本当に熱があるじゃないか。薬を出すから、それを飲んで今日は早く帰るんだ」

「サキさんこれ、一口飲んでからだと胃が荒れないから」

事務室から出てきた葛西さんが、飲むゼリーのようなものを手渡してくれた。私がそれをストローですすっていると、今度は四谷さんが出てきてぬっと手を突き出す。そこには、なにやらティッシュの固まりが載っていた。

「さっき言ってた持ち帰り用の鮎。それからこれ、叶先生に言われた解熱剤だから」

ついでのように小さな錠剤をポケットから出して、四谷さんはカウンターに置く。

「早く帰れよ」

「はい」

私がうなずくと、四谷さんはちょっとだけ笑った。あ、この感じ、本庄さんにそっくりだ。口の端っこだけ、きゅっと上がってるみたいな。

＊

家に帰るなり、私はばったりと倒れた。見事な夏風邪だった。さいわい金曜日だったため、翌日は一日ベッドの中で過ごした。午後、かなり具合の良くなった私がリビングでお茶を飲んでいると、満面の笑みと共にパパが帰ってきた。

「お帰りなさい、パパ」

「サキ、ほらお土産だぞ。昨日は夕食もあんまり食べてないから、これを食べるといい」

そう言ってパパがビニールの風呂敷包みをどんと置く。見覚えのある、白い水玉の模様。

「もしかして、ナポリのシャーベット？」

風邪のとき、私にとってのごちそうはママの作ってくれる野菜スープ。それにパパの買ってきてくれるナポリの果実まるごとシャーベットだ。

「そう。サキが心配で、ちょっと奮発しちゃったよ」

漫画だったら「えっへん」、と擬音がついていそうな雰囲気でパパは胸を張った。私の好物はレモンとオレンジなんだけど、パパの得意げな表情から察するに、今回はかなりの大物が入っているはず。

「ちょっと、何よこれ」

包みを開けたママが、悲鳴のような声を上げた。

「なにって、ナポリのまるごとシャーベットだよ」

「そうじゃなくて。何よこのパイナップルは！　冷凍庫に入らないじゃない」

「パイナップル？」

思わずママの手元をのぞき込むと、そこには小さめのパイナップルが一個、鎮座ましましていた。そう、このシャーベットはすべての果物がまるごと一個器になっている豪勢なシリーズなのだ。ちなみに一人で食べるならオレンジが限界。リンゴは二人でないと食べきれない。

「私、このシリーズにマスクメロンがあるのは知ってたけど……」

大きさの上限（というかお値段の上限）として、メロンがあるのはわかる。けど、パイナップルの存在は知らなかった。

「いやあ、パパも知らなかったよ。でもメロンより見た目が華やかだし、味も夏向きだからいいかなって思ってさ」

さ、三人で食べようよ。いそいそとカレー用スプーンを取り出すパパの前で、ママはおでこに手を当てる。

「ああ、こっちまで熱が出そう」

そんなママに、パパは百パーセントの笑顔で言った。

「園子さんが熱を出したら、僕はマスクメロンを買ってきてあげるからね」

たまらず噴き出す私の前で、ママは照れくさそうにパイナップルの葉を持ち上げる。しあわせだな、と私は思う。ちょっと大仰で世間とはずれたところのあるパパと、しっかり者で曲がったことの嫌いなママ。こんな風にぴったりと合う相手が、いつか私にも見つかるといいんだけど。

三人で身体が冷えるまで食べても、シャーベットは半分残った。そのままでは冷凍庫に入らないからと、ママは皮とへたを切り落としてパイナップルをしまう。食後に温かいお茶を飲みながら、私はふと昨日渡された「お土産」を開けていないことに気づいた。部屋からバッグを持ってきて、その中を探ると案の定ティッシュの固まりが出てくる。意外と開けにくいのは、乱暴なようでいて丁寧にラッピングされているからだ。果物の皮をむくように、何枚目かの紙をはがすと、中から白い魚が出てきた。

鮎だ。おやつに出た鮎のお菓子が、石膏で原寸大に再現されている。私はまたもや、噴き出してしまう。四谷さん、お菓子を型取りしたんだ。

「なんだい、それ」

興味深そうにのぞいていたパパが首をかしげる。私は手のひらにまっ白な鮎を載せて、食べる真似をして見せた。

「和菓子の印象よ。テイクアウト用、だって」

印象って？　とたずねるパパに私は説明をする。歯医者さん用語を説明していると、なんだかその道のエキスパートになったような気がして、ちょっと嬉しい。

「ところで、これを作った歯科技工士さんというのは男性なのかい」

パパは私の話を聞きながら、鮎をためつすがめつ観察してこう言った。一体、どういう意味だろう。

「男性よ。四谷さんていう人だけど」

「その四谷さんはきっと、ものすごく真面目か、でなきゃものすごくマニアックな人なんだろうな」

「ええ？　なんでそんなことがわかるの？」

正直、私はパパの眼を見くびっていたのかもしれない。実は私のパパは、画廊の経営者であると同時に、彫刻家でもあるのだ。ただ、本人いわく「本業」であるはずの彫刻はちっとも売れず、「サイドビジネス」であるはずの画廊の経営ばかりがうまくいくという不本意な状態が続いているらしいけど。ママいわく「あのイタリア人みたいな濃いキャラクターが、画廊にはぴったりはまった」んだそうだ。でもパパが彫刻家だったおかげで、私は小さいときから見事な造形のうさぎリンゴを食べることができた。ホント、刃物の扱いは天下一品なんだから。

でも、ものを作る人って皆、こうして互いの作品を見ただけで通じ合えるんだろうか。私は不思議な気分で、パパの横顔を見つめた。

「ほらサキ、このお菓子の印象をよく見てごらん。鮎のお腹の所、本来なら餡《あん》かなにかが入っている所だけど、これを作った人は、ご丁寧にも偽の餡をきちんと包んでるんだよ」

外側の型取りだけしたって、充分リアルなはずなのにね。そう言ってパパは鮎のお腹を触った。なるほど、そこにはちゃんと皮としての継ぎ目と隙間が空いている。

「ついでに言うなら、この鮎のしなり具合。これは皮が乾燥して、ちょっと鮎が反《そ》り返った状態をうつしとったものだろう」

「ホントだ」

軽く反り返った鮎は、私が残して乾燥させてしまったものだ。

「不必要な部分まで再現するのは、融通が利かないほど真面目な奴か、細部にこだわるマニアックな奴のやることだよ」

医院に勤務してるくらいだから、きっと真面目な人なんだろうね。パパはそう言って笑ってたけど、四谷さんに関してはその両方とも当たってる気がする。

（でも、いい人であることは確かよね）

私は石膏で出来た鮎をテーブルの上に置いて、ちょんとつついた。


甘やかされているな、と思うことは多々ある。私は一人っ子だし、娘には大甘のパパと、しつけにさほど厳しくないママに守られて、ぬくぬくと育ってきた。そんなキャラクターのせいか、私の友達はしっかりとした人が多い。中でもヒロちゃんは心の受け皿が大きくて、私は悪いと思いつつもついつい甘えてしまう。

「ねえ、ヒロちゃん。その本庄さんって人のこと、どう思う？」

石垣島から那覇に移動したというヒロちゃんは、軽くため息をついてから声をひそめた。

「どんなに丁寧にしてても怒られる、か。客商売はどこも同じだね」

「宿でもそういう人っているの？」

ヒロちゃんは今、沖縄の宿で住み込みのアルバイトをしているのだ。

「もっちろん！　どんなに綺麗なシーツを出したって突き返してくる女とか、サービスで出してる朝食に文句つけまくりの男とか、そりゃあ色んな奴がいるわ」

なるほど。宿はクリニックよりもお客様と接する時間が長いぶん、困りごとの幅も広いようだ。

「じゃあ、ヒロちゃんはそんな人たちにどうやって対処してるの？　宿のマニュアルとかあるわけ？」

「ないない、そんなの。そもそもオーナーは、マニュアルなんて言葉知らなさそうだし。でも、そうだね。困った奴に対して、私はとりあえずサキと同じ戦法をとってるよ」

「同じって？」

「とにかく丁寧に。とにかく普通に。そうすりゃ後から因縁のつけようもないし」

つまり消極的回避ね、と私が言うとヒロちゃんは声を上げて笑った。

「最初の頃はさ、むかついた奴には冷たい態度をとったり、接する時間を少なくしようとしたりしたよ。でもさ、それってなんか後味が悪いんだよ」

だってこっちは宿の人間じゃない？　本当は差別しちゃいけないって気持ちもどっかにあるし。そうつぶやくヒロちゃんの背後では、複数の人の声と、車の音が聞こえてくる。石垣島では風の音しかしなかったのに、やっぱり那覇は都会なんだな。

「宿のお客って、一期一会の人ばっかりなんだよ。それをずっと見てると、良い奴も嫌な奴も同じように扱おう、そう思えてきた」

「一期一会かあ」

「うん。二度と会わないかもしれない人に冷たく当たると、後でずうっと嫌な気分になるでしょ」

「うんうん、すっごくわかる」

「だから今は、皆同じにするよう努力してるよ。そうしてた方が、最後には自分の精神衛生上いいしね。ま、それでもたまにキレて、喧嘩みたいになったりもするけど」

ひとしきり笑いあった後、私たちは互いの健闘を讃え合いつつ電話を切った。

「二度と会わないかもしれない人、か」

昔国語の授業で習った言葉が、こんなにも実感を持って迫ってきたのは初めてだ。もう会わない人なら、嫌な別れ方をしたくはなくなるよね。二度と謝るチャンスのない相手だと思えば、なおさら。

私は一度だけ行ったことのある那覇の大通りを思い浮かべながら、タオルケットにもぐり込んだ。半分ひいたカーテンの隙間からは、満月に近い月が見える。沖縄で見る月は、やっぱり大きいのかな。

＊

月曜、私は落ち着いた気持ちでビジネス街を歩いている。この間の妙な不安は、きっと体調の悪さも一役買っていたのだろう。今度は嫌な汗をかくこともなく、無事にクリニックへ到着した。

「おはよう、サキさん。具合はどう？」

「おはようございます、葛西さん。おかげさまですっかり元気になりました」

ぺこりと頭を下げて、私は奥へと向かう。そのとき、背後から四谷さんの声がした。

「咲子さん、風邪は治ったのか？」

どきりとする。『咲子さん』なんて呼ばれるのは、まだ慣れないのだ。

「はい。あのう、鮎のフィギュア、ありがとうございました」

「別に。残ってたから、型取りしてみただけだよ」

出勤直後の四谷さんは、さすがに石膏の粉もついておらず、顔もはっきりしている。ふうん。白衣を着ていないと、同年代にも見えるんだ。

気分一新。早期治療を希望する本庄さんは、今日も予約が入っている。というより、緊急用に開けておく時間を彼のために使っているわけなんだけど。ちなみに今日は、午前の最後に入っている。私が予約表をチェックしていると、白衣に着替えた四谷さんがカウンターに寄ってきた。不思議なもので、そういう服を着るといきなり「医療従事者」然とするものだ。

「咲子さん、今日の午前ラスト、本庄さんだよな」

「はい」

「じゃあさ、ちょっと頼みがあるんだけど」

「なんでしょう」

「彼の治療前後に、俺がこっちに出てきておかしな話をふっても適当に相づちを打ってほしいんだ」

あとついでに軽く演技もしてほしいんだ、確かめたいことがあるから。そう言って四谷さんは私の返事を待たず、技工室へと戻っていった。


おかしな話って、なんだろう。午前中はそれが気になって仕方がなかった。そのせいか、本庄さんが来院されたときには、なんだか嬉しいくらいの気持ちで迎えてしまった。

「君、風邪はどうなった」

やや離れた距離からカードを出しながら、本庄さんがたずねる。手にはハンカチ。私は四谷さんに指示されたとおり、軽く鼻をすすりながら答えた。

「はい。良くなりましたけど、相変わらず臭いがわからなくって。食欲もわきません」

すると本庄さんは、ふっと表情をゆるめる。

「そうか。大変だな」

病気だと言うと、優しくなるんだ。私は本庄さんの行動の法則が、一つ見えた気がした。

もしかしたら、何か大病をわずらったことがあるのかな。

そのとき、奥のドアが開いて四谷さんが出てきた。白衣に防塵マスク、手には薄手のゴム手袋と、完全防備の状態だ。

「ああ、こんにちは本庄さん。先日は失礼しました」

あら。てことは、怒鳴られていたのは四谷さんだったんだ。

「いや、こちらこそすみませんでした。年になるとどうも短気になってしまって」

そして意外なことに、今日の本庄さんはとてもおだやかだ。これはやはり、四谷さんの読みが当たっているからなんだろうか。ではあちらへ、と四谷さんにうながされたときも、本庄さんはおとなしく診察室へ入っていった。

そして治療が終わる直前、またもや四谷さんがカウンターに寄ってくる。息苦しくなったのかマスクは外されているが、手袋はそのままだ。

「今から俺は自動車免許についての話をするから、咲子さんは適当に相づちを打ってくれ。ちょっとおかしな文法になるかもしれないけど、とにかく固有名詞は避けて、相づちだけ打ってくれればいいから」

私が了解すると、本庄さんが診察室から出てくるタイミングを見計らって四谷さんは話をはじめた。

「咲子さんはさ、講習、どうするの？」

「え、講習？」

本庄さんは精算が終わるまでの間、カウンターから離れたソファに腰を下ろして雑誌を開く。

「そうだよ。このままじゃ生活にも支障が出るだろ。だから早い内に、なんとかしておいた方がいいと思うんだ」

この不可思議な会話を耳にして、何故か本庄さんは雑誌越しにこっちをちらちらとうかがっている。

「早めになんとかすれば、どこへでも行けるようになるよ。だからさ、講習の予約はとっておいた方がいい」

「そうですよね」

「仕事柄、よく見るんだよ。講習なんて簡単なことですぐに解決できるのに、お金がかかりそうとか、内緒にしたいなんて尻込みする人も多くてさ。けどそんなの馬鹿らしいよ、ホント、簡単なことなんだから」

なんで運転免許の話なのか、さっぱりわからない。しかも内緒にしたいって、なんのことやら。けど四谷さんの読みはまたもや当たっていたらしく、本庄さんは今や複雑そうな表情で私たちを凝視している。

「咲子さん、そしたら俺だって距離を感じなくてすむってものさ」

えーと、もしかしてこれはカップルを演じてるのかしら。会いたいときにすぐ動けるよう、彼氏が彼女に免許を取るよう勧めてるってこと？　ていうか、カップル？　私と四谷さんが？

しかもそんな想像を膨らませた瞬間、間の悪いことに四谷さんの顔がそばに寄った。

「え、えええーっ？」

私は思わず、キャスターつきの椅子ごと後じさってしまう。悪いことしたかも、なんて我に返ったときには、葛西さんから精算表を渡されていた。四谷さんはそんな私ににやりと笑いかけたまま、カウンターの脇に立っている。私はこちらを見つめ続けている本庄さんに、おそるおそるお会計を告げた。

「いいかげんにしたまえよ」

お金をトレイに置きながら、本庄さんは四谷さんをにらみつける。

「すみません、お客様の前で」

悪びれない態度で、四谷さんはすっと彼に歩み寄ろうとした。その瞬間。

「寄るな！」

本庄さんが、さっきの私のようにすごい勢いで後じさった。そしてお釣りをひっつかむと、捨て台詞を残して帰っていく。

「その無神経さで、彼女を泣かすなよ！」

ていうか、つきあってませんから。そう言いたい気持ちをぐっとこらえて、私は本庄さんを見送った。

そしてこのわけのわからない会話の秘密は、お昼休みに皆の知るところとなる。

＊

蓋を開けると、なんとも香ばしい匂いが立ちのぼった。

「うわあ、おいしそうだ」

いそいそと割り箸を取る成瀬先生に、私は緑茶を差し出す。

「本当にいい香りですね」

「あ、サキちゃん鼻が治ったんだ。良かった良かった」

「院長ランチに間に合って、なによりね」

朱塗りの蓋を重ねながら、中野さんが微笑んだ。そう、今日は院長持ちの豪勢なお昼ご飯の日。メニューは、なんと鰻重《うなじゅう》だ。

「咲子くんの夏風邪で思いついたんだよ。土用にはまだ早いが、精をつけておくのも悪くはなかろう」

院長は肝吸いをすすりながら、スタッフの顔を見回した。望外のごちそうに、一様に皆幸せそうな表情をしている。中でも、とりわけ嬉しそうなのは唯史おじさんと歌子さんだ。

「ところで四谷くん、なにか話したいんじゃないかね」

先刻の一件を耳にしていた院長は、四谷さんに説明をうながした。

「まあ、あんまり食事には似合いの話題じゃないんですけど」

「別にいいわよ。そういうの、慣れてるし」

歌子さんは早々に蒲焼《かばや》きを頬張りつつ、春日さんの言葉にうなずく。

「私たちはいいけど、サキちゃんは大丈夫?」

お新香をつまむ中野さんに、今度は葛西さんが相づちを打った。

「あの、私は大丈夫です。四谷さん、歯が痛くなるような、血が出る話とかじゃないですよね」

「ああ。痛い話じゃないよ」

四谷さんは軽くうなずくと、お茶で口を湿してから話しはじめる。

「まずはじめに言っておきたいのは、これは本庄義和さんという患者さんについての申し送りだということです」

皆が鰻重を口に運びながら、神妙な顔で四谷さんを見ている。

「そして今回の申し送りで一番大切なのは、今話している内容を患者に伝えてはならないということ」

その言葉に、成瀬先生がぴくりと反応した。

「てことは、深刻な病気でも抱えてるのかな、あの人。舌癌《ぜつがん》とか」

「いえ。口腔内に関しては、そのような所見は一切認められませんでしたが」

担当医である唯史おじさんが、片手を上げて告げる。四谷さんは口をもぐもぐさせつつ、首を縦に振った。

「言ってはならないというのは、確かに患者の疾患には関係しています。ただ、それは多分に精神的な部分の問題で」

「あの人は確かに、精神的にアンバランスな感じがしたわ。突然怒り出したりして」

春日さんは、お箸で鰻をつつきまわしている。

「で、その精神的疾患てのはなんなのよ。サキちゃんに小芝居までさせて確認した内容を、もったいぶらずに話しなさい」

あっという間に鰻重を半分平らげた歌子さんが、結論を要求した。四谷さんはそんな歌子さんを見て苦笑する。

「じゃあ、結論から言います。患者は幻臭を感じている。それが不自然な言動の答えです」

「げんしゅう？」

私の頭の中で、その単語はうまく漢字に変換されなかった。

「幻の臭いと書いて、幻臭。本当は何の臭いもしないのに、自分はくさいんだと思いこんでしまう症例のことだな。思春期の女性や、自意識が強いタイプの人間が陥りやすい疾患だ」

院長が、わかりやすくかみ砕いた説明をしてくれる。

「ならば患者の幻臭は口臭、四谷くんはそう言いたいんだろう」

「はい、そのとおりです」

その瞬間、頭の中でさっきの会話がオーバーラップした。講習はどうするんだ。講習なんて簡単に解決できるのに。

「口臭、ですって？」

私は思わず、大きな声を上げてしまった。だって、ちょっと待ってよ。あれはカップルのふりなんかじゃない。話の流れからすると、私は口臭に悩む女の子ってことになる。頭に、かっと血が上った。

「口臭さえ解決すれば、近くに寄ることが出来るって、そういう話だったんですか？」

与えられた役割の恥ずかしさに、私は声を荒らげた。それなのに四谷さんは、まったく動じていない風情で答える。

「まあ、嬉しい役どころでなかったことは認めるよ」

しかも私は照れくささのあまり、四谷さんから後じさっている。さぞかしうまく、口臭を気にして見えたことだろう。

「ちょっと、うら若き乙女になんて役をさせるのよ」

歌子さんが肝吸いを片手に、セクシーな唇を尖らせた。それを制するように、院長が人差し指でテーブルを叩く。

「ともあれ、患者の幻臭が口臭だということが咲子くんの協力によって確定したわけだな。四谷くんの女性に対する無礼な振る舞いはさておき、君がそう思った原因を皆に説明してくれないか」

残りの鰻重を掻き込んだ四谷さんは、お茶を飲み干すと「口臭」というキーワードをもとに、この数日間の出来事を解き明かしはじめた。それはまったく思いもかけない方向からのアプローチで、私にとっては驚きの連続だった。

*

「本庄さんの態度は、はじめから不自然きわまりないものだった。それはここにいる皆も感じていた、精神の不安定さです。治療室でも押し黙ってみたり、怒り出してみたり、彼はおよそ自分から望んで来院したとは思えない行動ばかりとっていた。そこで俺は、彼の行動に何らかの法則性を見出そうと観察していました」

そして本庄さんを見ていると、彼がひどい行動をとる相手がわかったんです。そう言って四谷さんはポケットを探った。

「最初、患者が失礼な態度をとったのは咲子さん、歌子さん、そして春日さんでした。それだけだったら、ただの男尊女卑オヤジだと思ってたんだが」

「これ、オヤジはやめなさい」

「失礼。しかし患者は、次の来院時には俺に対して声を荒らげ、咲子さんには優しく接した。その差はどこから生まれたのか。俺は、前日の自分と咲子さんについて考えてみました。その結果、俺にはこれが欠けていたことがわかりました」

そう言って、四谷さんは防塵マスクを取り出して見せる。

「患者が初回の治療に当たっていたとき、俺は印象を削りだしている最中だったため、マスクをしていました。けれどその翌日は、マスクを外した状態で仮の冠をあてがおうと近づいた。そうしたら、患者は烈火のごとく怒り出した」

「なるほど。医師はほとんどマスクを着けっぱなしだが、技工士や衛生士は外していることもあるな」

成瀬先生が自分のマスクをもてあそびながらつぶやいた。

「そして二日目の咲子さんは、夏風邪をひいて鼻が利かなくなっていた。つまり、彼女も見えないマスクをしていたようなものだ。このことから、患者はマスクをした者に対しては比較的寛容な態度をとり、そうでない者に対しては乱暴な態度をとることがわかりました」

確かに先週末、風邪をひいた私に対して本庄さんは優しかった。

「では、それはなぜか。ポイントは『嗅覚』でした。臭いのわからない相手なら受け入れる。そう考えれば、患者自身が臭いを気にしているんだとわかります。しかし、患者から何らかの臭いがしているわけではない。では腋臭《わきが》などの体臭かとも思ったが、それも俺には感じられなかった。

口臭かもしれない。そう考えるきっかけになったのは、患者の無口さと、必要以上に口を開くことを嫌がる態度でした。さらにそういう眼で見てみると、患者は待合室でも、咲子さんから最も遠い位置に座り、雑誌で口元を隠すなどの行動をとっていることがわかりました」

本庄さんは、確かに私とできるだけ距離をとっていたし、ときには顔をそむけるようにしていた。それって、息がかからないようにするためだったんだ。

「必要以上にハンカチを手にしているのも、気にかかりました。不安症の女性にはありがちな行動ですが、男性には珍しいですからね」

きっと、すぐに口元を隠せるようにしていたんでしょう。四谷さんの言葉に、葛西さんが答えた。

「あの方は、常に手が顔の近くにありました。顎を触っていたり、頰をなでていたので髭の剃り残しでもあるのかと思いましたよ」

「でも、結局口臭はないわけだよね。それじゃ四谷くんは何故、この話を本人には内緒にしようというんだい？」

誰しもが思っていた疑問を、唯史おじさんが口にする。すると四谷さんはにやりと笑って、こう言った。

「目には目を。幻には幻を、です」

なにしろ相手は心の病ですからね、と四谷さんは言った。

「あなたに口臭なんて存在してません。そう言ったところで、あの人が納得すると思いますか？」

「多分、しないでしょうね。むしろいいかげんなことを言うなって怒り出しそう」

春日さんがうんざりした表情でお新香を齧る。

「そう。だからこそ、俺はその口臭を実在のものだとするべきだと思う。そして患者が口臭の存在を認めるよう持っていった上で、偽薬を与えればいいんじゃないかと考えました」

「ああ、プラセボ効果か！」

首をかしげた私に、今度は中野さんが説明してくれた。

「ぎやく、っていうのはね、偽の薬って書くの。ほら、よく言うじゃない。薬だって信じて飲めば、小麦粉だってよく効くって。プラセボ効果は、偽のお薬による効果のこと」

つまり四谷さんの提案は、本庄さんがあると思いこんでいる口臭を、私たち全員も「ある」という前提で演技をし、さらにはそれを「治療」によって消そうということなのだ。

「病的な思いこみを否定するよりは、自然な解決法だと思うんですが、院長はどう考えられますか」

四谷さんの提案に、院長はしばらく腕組みをして考え込んでいた。

「偽薬を使用するには、本来なら医師と患者に疑似父子関係が成立しているべきなんだが、今回の件ではそれは必要なさそうだな。あとは、口臭を認めさせる段階が難しいだろうが、そこはどうする？」

「咲子さんを、口臭治療に成功した先輩として扱うことでクリアできると思います」

またその役なの？　私はげんなりした表情で、四谷さんを見つめる。しかしこの治療案は全員に可決され、私は再度口臭持ちの女子大生となった。

＊

そして意外なことに、本庄さんはあっさりと口臭の存在を告白した。もちろん、「臭いますね」なんて失礼な指摘をしたわけではなく、春日さんの素晴らしい演技のたまものだ。

「あのね、口臭は指摘しちゃいけないの。私たちがそれをズバリと言ってしまうと、お客様の心のシャッターが、その時点でがしゃんと音をたてて閉じてしまうのよ。ことに本庄さんなんかはそう。だからできるだけ歯磨き指導なんかで、自発的に気づいてもらうようにしたってわけ」

そう言って笑う春日さんは、本庄さんに対してこんな風にたたみかけていた。

「歯磨きはきちんとなさってます？　そうですよね、でも本人はきちんと磨いたつもりでも、案外磨き残しはあるんですよ。そうすると、自分でもちょっと臭ったりしません？　あ、ありますかー。私？　私はマスクしてますから、そんなに感じませんよ。え、口臭ですか？　そうですねー、少しあるかもですね。でも、そんなの全然気になさることないですって。ほらこれ、この歯磨きペースト、歯科医院でしか売ってないんですけどね、口臭の特効薬なんです。あとこの内服薬を飲めば、口臭なんて一週間で綺麗さっぱりなくなっちゃいますよ」

その証拠に、当院の受付の女の子、彼女も口臭に悩んでたんですけど、昨日からこの薬を飲み始めてるんです。しかも二日目にして、もうほとんど臭わなくなってますから、効果は推して知るべしですよ？　キャッチセールスもびっくりの素晴らしい話術を駆使して、春日さんは本庄さんにただの歯磨き粉を渡し、ビタミン剤を服用させた。

そして次の来院の際、口の中を口臭検知器で計って見せ、大げさに喜んで見せたのだ。もちろん、もともと臭っていないのだから針はゼロを指す。しかもわざと前回は計っていない。

「うわあ、ほら見て下さい。ほんっとによく効くでしょう？　あの薬」

そして口臭が消えた（ということになっている）日の帰り、本庄さんは会計の段になって私に話しかけてきた。私は、その内容が四谷さんの予告どおりだったことに驚く。

例の昼休みのあと、お茶の時間に四谷さんは補足の説明をした。

「咲子さんが打ち込んでくれた二枚目のカルテには、北本さんから聞いた本庄さんの情報もあった。例えば、電話やメールなどでは今でもとても丁寧な人だということ。これは、間接的な接触だから口臭を気にしなくてすむからだろう」

確かに本庄さんは、電話ではとても良い印象だった。きっと以前は、直接会ってもそういう態度の人だったんだろう。

「そこには、患者があんな性格になったのは去年の暮れ頃からだと書いてある。だとすると、それが口臭を意識して他人を避け始めた時期だと考えるのが自然だ」

「年末っていうと、ストレスがたまってるわよね」

ストレスのなさそうな歌子さんが、お茶のおかわりを自分で注いでいる。

「ストレスまみれの上、飲み会続きだったら、中年男性には口臭の一つも出ない方がおかしいくらいだよ」

胃が荒れてれば当然口臭が出るし、糖尿病だってそういう症状が出るんだからさ。成瀬先生が同情的な口調でつぶやく。

「しかも患者、いや本庄さんは微妙な年齢だ。中年というよりは老年に近い。そんな人が一度でも誰かに『口がくさい』なんて言われた日には、相当な衝撃だろう」

それがきっかけで心を閉ざしても仕方ない。確かに四谷さんはそう言っていた。

「君も、同じ薬を飲んでいるんだってね。それを知らずに、この間は失礼した」

目の前に立った本庄さんに、私はにこりと笑いかけた。

「いいえ、お気になさらずに。こういうことって、すごくデリケートな問題ですよね。私もこのクリニックを知るまでは、すごく悩んでたんですよ。人が多いところとか恐くなったりして」

春日さんから受け売りの知識で、私は答える。

「そうだろうね。私は去年の末、部下から指摘されてショックだったよ。相手は親切のつもりだったかもしれないけど、恨《うら》めしく思ったね。以来、できるだけ人と接しないようにしてきたんだ。でもそれは悪循環になるだけだったよ」

口臭を気にして口を開かないために笑顔は消え、眉間に皺が寄る。不機嫌が続けば、営業成績も落ちる。それで苛々して部下に当たり散らし、人望をなくす。

「最後にはどうせ年のせいだ、なんて投げやりになって。少し離れた席で笑いさざめくOLには、いつも笑われているような気がしてたよ。狭い店にはもう行けないと思ったし、『くさい』と言われるくらいなら、初めから距離を置いた方がましだとも思った。孤立してたんだろうな。世界で一人、みたいな気分で」

でもここの治療のおかげで、すごく楽になったよ。そう言って本庄さんは片手を出した。

私は一瞬、その意味がわからなくて躊躇《ちゅうちょ》する。

「握手だよ。お互い頑張ろう」

「あ、はい。頑張りましょう！」

本庄さんに嘘をついているという気持ちもあってか、私は必要以上に強く手を握った。

「それに、君には別にお礼が言いたかったんだ」

「お礼……？」

「ああ。私が失礼な態度をとったにもかかわらず、君の態度はずっと変わらなかった。だからこそ私は、このクリニックへ通うことが出来たんだ」

本当に、ありがとう。笑顔でそう告げられて、私は深く深く頭を垂れる。こちらこそ、色々なことを教えてもらった気がするから。

＊

「とりあえずファントムは去った、か」

本庄さんの後ろ姿を見送った四谷さんは、ぽつりとつぶやく。

「ファントム、って？」

「見えない怪物のことだからさ。幻臭には偽薬を、つまりファントムにはファントムでしか対抗できないかなって」

「ああ、そういうことですか」

私は満ち足りた気分で、二枚目のカルテに書き込む。本庄さんはもう大丈夫。彼の中に、孤独な影はもういない。これからは、誰かと一緒にスプーンを突っ込んでシャーベットを食べることだって出来るんだから。


目に見える病と、見えない病。誰にも気づかれないところで、苦しんでいる人もいる。私もいつか、クリニックの皆のように誰かを助けることができたらいい。私はふと、ヒロちゃんのことを思う。沖縄でも東京でも、お客さんとの一期一会はおんなじだよね。頑張ろう、ヒロちゃん。頑張ろう、本庄さん。そしてもっと頑張れ、私。

*

こうしてファントムにまつわる事件は、とりあえずの解決を見た。しかし、唯一残った問題としては、あれ以来本庄さんが私と四谷さんをごく自然にカップルだとみなしていることだ。この間も「二人で行くといいよ」なんて映画の券までくれるし。

ちょっと、この券はどうしたらいいと思う？　ペーパーウエイトがわりに置いた鮎のフィギュアをちょんとつついて、私は首をかしげた。

オランダ人のお買い物

一点の曇りもなく、ぴかぴかに磨き上げられたショーケース。その中に整然と並ぶ、色とりどりのケーキたち。

「どうしよう、迷っちゃう」

つぶやく言葉とは裏腹に、顔はどうしても笑ってしまう。だってここのケーキ、一回食べてみたかったんだもの。しかも今日はお仕事の一環としての買い出しだから、自分のお財布を気にすることもない。そのうえ「セレクトはサキちゃんに任せるわ」なんて言われたら、これは、ちょっと張り切ってしまう。

(季節のフルーツに、チョコレート系、ムース系。タルトにミルフィーユ、それにショートケーキは絶対外せないでしょ。あ、苦手なもの聞いてくるの忘れた。けど、全部違うものにすれば大丈夫かな)

じっくり悩んだ末、私は万全のラインナップを組み上げた。

「全部で九個、でよろしいでしょうか」

「はい、お願いします」

品川デンタルクリニックの人数分プラスワン。本当は九人だから十個のはずなんだけど、昨日から成瀬先生が夏休みに入ったから九個でオッケー。ちなみに余分の一個は葛西さんいわく保険なのだそうだ。もしかしてケーキが転げた場合、あるいは院長が気に入って「もう一つないかなあ」とあたりを見回した場合、その出番は来るらしい。「本当は、あまりおやつを召し上がるのも考え物なんですけど」と葛西さんはため息をついていた。おいしい物が大好きな院長は、御多分にもれず生活習慣病のリスクを抱えているからだ。

包装を待つ間、何気なく外を眺めた私はどきりとした。空が、みるみるうちに暗くなってきている。ほんの数分前までは、そんな気配すらなかったのに。

「やだ、早く帰んなきゃ」

クリニックからこのお店までは、ほんの五分程度の距離だ。けれど店を出てしばらくは、屋根のない道が続く。私はケーキの箱を受け取ると、今にも降り出しそうな空の下へ一歩を踏み出した。

歩き出してすぐ、頬にぽつりと当たるものがある。上を見上げると、すでに真っ黒な雲が空を覆いつくしていた。間に合わないかもしれない。そして小走りになった私を、追いかけるように雨が降ってくる。

＊

ワンブロックも進まないうちに、雨は激しい土砂降りに変わった。私はあたりを見回し、慌てて近くの軒先に走りこむ。シャッターの閉まった薬局の狭い軒先からは、鼻先に触れそうな勢いで水が流れ落ちていた。それでもとりあえず一息ついて、ポケットからハンカチを取り出す。そして服やケーキの箱をぱたぱたとはたきながら、何気なく通りの向かいを見た。

「ああ……」

運が悪いというか、なんというか。私の正面にはコンビニがオアシスのように存在している。がっくりとうなだれる私に、どこからか声が聞こえた。

「あっちに駆け込んでれば、エアコンも効いてるし、立ち読みも出来て、もうちょっとましな雨宿りになったのに」

一瞬、頭の中の声が聞こえたのかと動揺してしまう。けれど声の主は、私と同じ軒下にいる男性だった。少し離れた場所で、私の方を見ている。

「こっちに駆け込むなんて、ついてないな。そう、思うよね」

お洒落な今風のサラリーマン。細身のスーツがよく似合ってて、デオドラントコロンの香りがする。穿《は》き古したジーンズに白衣の四谷さんとは、正反対のタイプだ。ちなみに医療関係者は皆、患者さんに接するから無臭を心がけている。けれど四谷さんは季節を問わず粉まみれだから、いつもシッカロールを身にまとってるようなものかしら。

「そうですよね。もうちょっと周りをよく見ておけばよかった」

「だよね」

自然な笑顔をこちらに向けてくる。うん、ちょっと格好いいかも。

「でも、きっとすぐやみますよ。お仕事、お急ぎですか？」

「いや。この中を駆けてくほどに急いじゃいないな」

震える携帯電話を取り出して、その人は軽く私に会釈をした。丁寧な感じで、好感が持てる。

「昭島《あきしま》です。はい、ちょっと雨にやられちゃいまして、少し遅れますけど先にやってて下さい。はい、よろしく」

私も携帯電話を持ってくれば良かったな。クリニックでコーヒーを淹れてくれている中野さんの顔を思い出すと、ふと申し訳ない気持ちがわいてきた。

叩きつけるような雨は、足元にも容赦なく襲いかかる。濡れるのが嫌で後じさってみても、奥行きのない軒下だから限界があった。飛沫が足首にかかり、ストッキング越しにじわりとしみ込む。この気持ち悪さって、ストッキングをはいたことがない人にはわからないだろうなあ。ぴったり貼りついた化繊と皮膚の間で、行き場のない水が困ってるこの感じ。

「しかし、ひどい土砂降りだね。夕立っていうには早い時間なのに」

「ほんとですね。まだおやつも食べてないのに」

彼は私の持っている箱を見ると、くすりと笑った。

「やっぱりそれ、おやつなんだ」

「え？」

「すごく大切そうに持ってたから、お客さんに出すものかと思ったんだけど。でも、もしかしたら自分で食べる分なのかなって」

「あ、でも私一人じゃないですよ？　クリニックの皆の分が入ってるんです」

だからほら、大きいでしょ？　私がケーキの箱を持ち上げてみせると、彼は声をあげて笑った。

「君が一人で食べるなんて、僕だって考えてなかったよ」

「やだ。そうですよね」

「ところでクリニックってことは、医療事務とか？」

「いえ、ただのアルバイトです。すぐそこのビルの中にある、品川デンタルクリニックっていう歯医者さんなんですけど」

近所の会社の人だったら、宣伝しといてもいいかも。そう思った私は、口元を指さしてにっこり笑った。

「歯が痛くなったら、いつでも来て下さいね」

「ありがとう」

彼は苦笑しながら、ポケットから名刺入れを取り出す。

「僕はあのコンビニの向こう側にあるビルで働いてるんだ。普通の会社だから君に来てもらうことは出来ないけど、ま、これも何かの縁だし」

名前は昭島栄一《えいいち》。精密機械メーカーの営業さんらしい。私が名刺をじっと見つめていると、昭島さんは首をかしげた。

「なにか、気になることでもあった？」

「え？　いえ、ただ珍しくって」

「珍しい？」

「はい。私、名刺をもらうのなんて初めてで」

まだ社会に出たことのない身としては、まあ当然と言えば当然なんだけど。でも昭島さんは、そんな私の答えが意外だったらしくきょとんとした表情をしていた。

「いやあ、君、面白いね」

「そうですか？」

「ああ。もし歯が痛くなったら、必ず君の勧めるクリニックに行くことにするよ。でも歯医者って、いまだにちょっと怖いな」

品川クリニックの、何さんだっけ。そう言って昭島さんは携帯電話のメモ帳を開いた。

「あ、叶咲子です。うちの先生方は上手ですから、怖がらなくても大丈夫ですよ」

自分自身が歯医者恐怖症を克服していないくせに、ついそんなことを言ってしまった。かのうさん、と。そうつぶやきながら昭島さんはメモをとる。その後、私たちは時間つぶしにこの近所の安いランチや喫茶店などについて意見の交換をした。私はお弁当派だけど、帰って歌子さんに教えてあげれば喜んでくれるかもしれない。

しばらくすると、不意に目の前が明るくなってきた。雨雲が現れたときと同じくらい唐突な速度で、空が晴れてゆく。

「もう、上がりますね」

軒先から滝のように流れ落ちていた雨が、今は細い糸のようになっていた。

「うん。そろそろ出られるかな」

昭島さんは空を見上げてつぶやいた。私は軒先からそっと片手を出してみる。手のひらに当たる雨は、もうほとんど感じないほどになっていた。

「行かなくちゃ」

「ああ。君のおかげで楽しい雨宿りだったよ」

「こちらこそ」

それじゃあ、と私がお辞儀をすると昭島さんは笑って片手を上げる。すっきりと洗われたような景色がなんだか嬉しい。帰り道、私は青空の映る大きな水たまりを飛び越えながら帰った。

*

「あら、列が乱れてる。でもう蝕はなしね。良かったこと」

ケーキの箱をのぞき込んでいた歌子さんの声に、私はふり向く。

「うしょく、ってなんのことですか？」

「虫歯のことだよ」

お皿を運んできた私に向かって、唯史おじさんが説明した。

「要するに、ケーキ同士が接触した部分は混じり合わず、ただくっついただけって言いたいのさ」

ほら、歯と歯がくっついてるところって、虫歯になりやすいだろ？　そう言いながら唯史おじさんは、げんこつを歯列に見立てて私に向けた。

「こんな風にくっついた歯の片方が虫歯だと、隣にも虫歯がうつりやすいんだよ。汚染ていうか、そんな感じで」

指と指の間を示しながら、わかりやすく話してくれるのは、子供並みに無知な私への気づかいだろうか。私は軽くうなずきながら、心の中でため息をつく。

ああ、またやっちゃった。

「でね、うしょくの蝕はさ、侵蝕の蝕なんだよ。オーソドックスな虫歯だと、歯の上部にあるへこみに滓《かす》がたまって、そこに菌が棲み着いて下部へと侵蝕していくわけなんだけど、接触面だと歯の横へと向かっていくわけ」

しばらくこのクリニックに通って私が思い知ったのは、医療関係者の説明好きだ。もちろん、患者さんに説明する義務があるから慣れているのだろうし、親切だからこそあれこれ話してくれるのはわかっている。でも、私のふともらした幼稚な質問に対して、皆が皆こぞって説明をしたがるのだ。その中でも唯史おじさんの説明好きは別格で、これが始まると私はしばらく講義を受けているような気分に陥る。ちなみにヒロちゃんいわく、「ただで医学知識を教えて貰えるなんてありがたいと思っておけば」だそうだけど。

だから歯磨きって大切なんだよ。熱弁をふるう唯史おじさんの隣で、私は傾いたケーキをそっと箱から出した。

転んだケーキは、結局四谷さんが食べることになった。私が食べようと手を伸ばしたところで、「俺はそのサクランボのやつがいい」と待ったがかかったからだ。全て違う種類のケーキを買ってきたから、別のものを渡すことも出来ない。

「別に隣のクリームがついてるわけじゃなし」

そう言いながら四谷さんは、折れた飾りチョコをぽいと口の中に放り込んだ。

「うわ、やっぱおいしいですねえ。ここのケーキ。サキちゃん、一口交換しましょう。ね？」

春日さんが得意のアニメ声で私に「あーん」を迫る。素直に口を開けると、隣で歌子さんがぷっとふき出した。

「なるほど。サキちゃんに口を開かせるにはこの方法があったか」

「え？」

「だってサキちゃん、最初の日はこの休憩室でだって怯えてたじゃない。四谷に歯を見せたときも嫌々だったし。なのに今、歯科衛生士相手にあーん、なんてすごい進歩だわ」

言われた瞬間、私は思わず口を手で覆った。よく考えてみれば、目の前には歯科医と歯科技工士まで揃っている。

「歌子さん、そんなこと言ったら逆戻りになっちゃいますよ」

やんわりと中野さんがたしなめた。すると歌子さんは厚ぼったい唇をつんととがらせたま ま、流し目で笑う。私が男の人だったら、この微笑み一つでノックダウンしそうな感じ。

「じゃあおわびに、あたしのも一口あげるわ。覗いたりしないから、あーんして？」

「おいおい、ここはいつから女学校になったのかね」

見かねた院長が眉をひそめると、葛西さんがすっと二個目のケーキを出した。

「女学校なら、皆でケーキバイキングも行くでしょうね」

それを目にした院長は、とたんに相好を崩す。

「まあ、そうかもしれんな」

単純だけど、愛すべき部分の多い院長。だからこのクリニックは風通しの良い職場なのだろう。

お皿を持って流しへと向かうとき、四谷さんがコーヒーカップを片手に近づいてきた。うん、やっぱり近くにいても何の匂いもしない。

「飲んだらこっちに下さいね。洗ってしまいますから」

「ああ」

軽くうなずいた四谷さんは、何を思い出したのか、にやりと笑った。

「ところで咲子さん、帰り道に跳ねただろ」

「えっ？　なんでわかったんですか？」

私は洗剤のついたスポンジを持ったまま、四谷さんを振り返る。

「サクランボのタルトだけが転げてたからさ」

なんでタルトが転げてるだけで、私が飛び跳ねたことがわかるんだろう？　私が首をかしげると、四谷さんは残りのコーヒーを飲み干してカップを流しに置いた。

「じゃあ宿題。買ったケーキの種類を思い出しながら、考えてみればいい」

「ええー?」

正解したら賞品やるよ。そう言って四谷さんは個室に戻っていった。

＊

「そんなのさ、わかりっこないと思わない?」

那覇のヒロちゃんと話しながら、私はメモにケーキの絵を描いている。

「でもさ、サクランボのタルト、って言ったからにはそこに何かヒントがあるんじゃないの」

「うーん、タルトは他にもあったんだよね。洋梨のが」

「じゃあきっと、答えはタルトじゃなくてサクランボに関係してくるんだ」

なるほど。同じ項目を挙げていって、そこから引き算すれば答えは見えてくるのかも。私はヒロちゃんの思考法に、ちょっと感心した。

「ところでさ、その後どうなったの」

「え? どうって」

「その四谷さんって人と、映画行ったの?」

ヒロちゃんのいたずらっぽい声が、私の心臓を思いきり跳ねさせる。

「い、行ってないよ? まだそういうんじゃないし」

私は手元のメモに、無意味な模様をぐるぐると描きなぐった。

「ふうん、『まだ』なんだ？」

瞬時にして、頬がぼっと熱くなる。そして視界の隅には、壁にとめてある期限間近の映画券。

「うわー！　ヒロちゃんの意地悪！　そういうこと言う？」

ごめんごめん。ヒロちゃんの笑い声が遠くなったり近くなったりする。また、風が吹いているんだろう。なにしろ沖縄は台風が多いところだし。

「けど、とりあえず行ってみれば？　飛び込んでみなきゃわからないことってあるしさ」

あれ？　ヒロちゃん、少し変わった？　以前のヒロちゃんは、なんにせよ現実的で、堅実第一の人だったのに。それとも、南国の雰囲気がそうさせてたりするのかな。

「……うーん、とにかく経過はご報告しますってことで」

「うまくいくといいね、サキ」

それじゃまた。明るい声で切れた電話を手に、私はふと一人ごちる。

「ていうか、ヒロちゃんの方こそどうなってんのよ」

＊

出会いは偶然。そして再会は必然だ。昔読んだ少女漫画の中に、こんな台詞があったっけ。

「こんにちは。受付だったんだね」

目の前にさわやかな笑顔でたたずむ昭島さんを見上げて、私はしばし言葉を失った。

「ああ、驚かせちゃったらごめん。でも君に会ったのって、タイミングが良かったから」

「タイミング？」

「うん。ちょうど一昨日の昼、そろそろ歯科検診に行こうかなって思ってたんだよ。そしたら午後の雨宿りで君に会った」

なんか偶然とはいえ、背中を押されたような気になってさ。昭島さんは問診票に記入しながら、私をちらりと見た。

「なに、サキちゃん知りあい？」

昭島さんが診察室に入った後、春日さんが奥からひょいと顔を覗かせる。

「いえ、知りあいっていうか……」

こないだおつかいに出た日に、軒先で知り合った人なんです。私がそう言うと、春日さんはものすごく嬉しそうな顔をする。

「ついにサキちゃんにも来たかあ」

「どういうことですか？」

マスクを指先に引っかけた春日さんは、私の側まで来て耳もとで囁いた。

「あれ、きっとナンパよ。それも医療系ギャル好きの」

「い、医療系ギャル？」

アニメ声の春日さんが発音すると、まるでコスプレの種類のように聞こえるけど、そういう嗜好《しこう》が存在するってことよね。

「うん。スチュワーデスとか制服系の好きな人っているじゃない。そういう中で、ナースも人気あるの知ってるでしょ」

私がこくりとうなずくと、春日さんはさらに声をひそめる。

「で、も。本物のナースって、つきあいはじめると案外腰が引ける男も多いのよ。だって仕事の時間は不規則だし、責任のある職場だからシリアスな事態も多いし」

それは、しようがない。ていうかそんなの、最初から想像つかないんだろうか。首をかしげる私に、春日さんは続けた。

「ところが、医療系ギャルはそういうことがないの。ここに含まれるのは、歯科衛生士や医療事務従事者、それにサキちゃんみたいな受付嬢ね」

なるほど。確かに私が見る限り、これらの職業ならほぼ定時に帰ることができるし、人の生死にはほとんど関わらないはず。

「そのくせ、制服やナース服を着てる確率は高いんだから、彼女にするにはいいとこどりよね」

「でもそれって、なんか女性を馬鹿にしてません？」

確かに制服って可愛いけど、それを着る意味も考えずにつきあうなんて、私には理解できない。

「そうでしょ。だからサキちゃんも先に職業を告げた男には気をつけてね」

ひらひらと手を振って、春日さんは再び奥へと戻っていく。思いもよらないナンパ理由を聞かされた私は、なんだかアニメに出てくる魔法少女に諭《さと》されたような、そんな不思議な気分になった。

成瀬先生がお休みなので、治療はほとんど唯史おじさんが行っている。院長はと言えば、一日に二人程度を受け持つだけで、後は院長室で書き物なんかしている。だから必然的にお客さんはいつもより少なめで、予約時間もゆとりを取ってある。そのおかげか、昭島さんも比較的ゆっくりと診てもらったらしい。

「まいったね。見つかっちゃったよ、虫歯」

診察室から出てきた昭島さんは、頬をさすりながら笑う。

「通院することになったから、しばらくよろしく、だね」

「こちらこそ」

「いやいや」

私がぺこりと頭を下げると、昭島さんも合わせて頭を下げてくれた。うん。悪い感じじゃない。もちろん注意は必要だけど、ナンパとかそういう色眼鏡で見ちゃ悪いかも。

私は帰りしなに振り返って手を振る昭島さんを見ながら、カルテを整えた。

＊

あ、困ったな。ドアの向こうに人の気配を感じた瞬間、そう思ってしまった。今は予約のお客様が入っていない時間だから、十中八九、初診でとびこみの方だろう。けれど唯史おじさんは治療中だし、院長は外出している。とびこみということは、緊急度が高い可能性もある。

(普通の虫歯だったら、待ってもらうことになるのかしら。でも、痛くてたまらなかったりしたら、先に痛み止めだけでも打つとか？　どっちにしろ、痛くて気が立ってるかもしれないから、丁寧にしないと)

私は気持ちをきゅっと引き締めて、ドアが開くのを待った。

「こんにちは」

入ってきたのはかなり恰幅の良い年輩の男性と、その人に付き従うようにしている細身の中年男性。第一印象は、どこかの会社の社長さんとその秘書さんって感じ。

「お客様は当クリニックは初めてでいらっしゃいますよね？　本日はどうされましたか？」

カウンターの前に立った年輩の男性は、私のことをしげしげと見つめた。

「あの……？」

「悪くない」

え？　この言い方、どこかで耳にしている。この大上段な物言いは。

「そこそこ綺麗な上に、感じも悪くない。おい、ここに決めたぞ」

年輩の男性は、顎をしゃくるようにして喋った。そうか。この軽いセクハラ感は、院長に似てるんだ。院長とか社長とか、年輩で地位のある男性ってこういう喋りになりやすいのかしら。でもまあ、もう慣れたからいいんだけど。

そして背後の男性が、持っていた鞄から保険証を取り出した。

「初診です。お願いいたします」

「小金井《こがねい》哲夫《てつお》さま……はこちらの方ですよね？」

一応確認のため私が年輩の男性を見ると、細身の男性がうなずく。

「本日は、どうなされましたか」

「入れ歯を作っていただきたいのです」

その答えを聞いて、私はほっとした。入れ歯なら四谷さんがいるから、すぐにでもお受けできる。

「では、こちらの用紙にご記入下さい」

私が問診票を渡すと、細身の男性は小金井さんと共にソファに座った。そしてあろうことか、そのまま自分で書き込みはじめたのだ。

「あの、お客様」

「はい？」

「問診票のご記入は、ご本人でないと……」

曲がりなりにも医療関係の書類だし、本人にしかわからないことだってある。だから原則として、問診票をはじめ全ての書類は本人に記入してもらわなければいけないのだ。けれど小金井さんは私を見て眉をひそめ、隣の男性となにやらひそひそ話をする。なんか、ちょっと嫌な感じ。そんな私の気持ちが伝わってしまったのか、不意に小金井さんは大きな声で言った。

「この石原《いしはら》は、わしよりわしのことをよく覚えているんだ！　歯が痛いわけじゃなし、石原の好きにさせろ！　あんたに迷惑はかけん！」

……そこまで怒らなくても、いいと思うんだけど。

（だめだめ、色眼鏡はかけないはずでしょ）

むっとしかけた心を、私は自分でたしなめる。

（本庄さんのときだって、最初は口をきいてくれなかった。けど、原因と治療法がわかったら、いい人に戻ったじゃない）

嫌な態度には、きっと何か理由がある。四谷さんが患者さんの事情を解決する姿を見ているうち、私は自然とそう思うようになった。なのでとりあえず、ここは石原さんという人が問診票を書くに任せた。まず私がチェックして簡単な部分は確認し、後は申し送りをして中で話してもらおう。

しかし、まず中に入ること自体が問題だった。なんとおつきの石原さんは、診察室までついてこようとしたのだ。

「あの、お客様。失礼ですが、お連れの方は待合室でお待ちいただけますか」

慌てて私が止めると、石原さんは横に首を振った。

「いえ。それは出来ません」

「出来ません？」

「はい。医療事故の多さが叫ばれるこの時代、得体の知れない医者の前に会長をお一人で放り出すことなぞ出来ません」

医療事故？　得体の知れない医者？　自分たちが入ってきたくせに、失礼にもほどがある。バイトの私が何か言われるならいい。けど、ここの人たちを馬鹿にされたら我慢にも限界がある。

「あのっ……」

私が言い返そうとした瞬間、診察室の扉が開く。

「聞こえてたよ、咲子さん。お二人一緒で構わないから、入ってもらって」

マスクをかけたままの、四谷さんだった。

「でも」

「いいから」

有無を言わさない口調で、四谷さんは私を制する。その横を、そら見たことかと言わんばかりの表情で小金井さんと石原さんが通り過ぎた。もしかして、こういうことって私が知らないだけでよくあることなんだろうか。でも、それにしたって気分が悪い。お母さんが子供につきそうならいざしらず、大の大人が、なによ。

私は診察室の方を軽くにらみつけてから、カウンターに戻った。

*

目の前に、紙パック入りのジュースが置かれた。顔を上げると、中野さんが優しげに微笑んでいる。ちょうどクリニックの閉院時間を迎え、カルテの整理をしているところだった。

「今日初診のお客様、対応に疲れたでしょ？」

「あ、はい。でも、中では大丈夫みたいでしたね」

「うーん、大丈夫って感じでもなかったんだけど、なんとか乗り切れた、ってとこかしら」

小首を傾げる中野さんは、もう私服に着替えている。パフスリーブのカットソーに、柔らかな中間色のスカートがよく似合っていた。今日は少し早上がり、と言っていたからお出かけなのかもしれない。

「ああいう方って、結構いたりするんですか？」

「そうね。多くはないけど、たまにいらっしゃるわね。ひどい人になると、治療中に携帯電話を持ってこさせたり、ノートパソコンを出そうとしたり」

精密機械に影響があるから、さすがにそれはお断りしてるけど。そう言って中野さんは笑った。

「とにかく、少しでも不安になったら私たちを呼んでね。お願いよ」

「はい」

うなずきながら、私は気づく。そうか、私じゃどうにもならないんだ。

あくまでも私はアルバイトだから、一人で処理しようとしてはいけない。だって、何かあってお客さんとトラブルになっても、責任をとるのは私じゃないから。

（つまり、ミスをとり返そうとしても取り返せないってことだ）

そう思い至って、私は怖くなる。自分一人でなんとか出来るなんて、少しでも思っちゃいけなかった。うつむく私の頬に、中野さんはジュースのパックを押し当てる。ひやりとした感触が、心地良い。

「元気出して、サキちゃん。叱ってるわけじゃないのよ。そういう風にしておかないと、本当に怖い人が入ってきたとき、サキちゃん一人が嫌な目に遭うことになってしまうから」

「そうそう。クリニックはある種、開かれた場所だから、どんな危ない奴が入ってくるかわからないのよ」

いつの間にか奥から出てきた歌子さんが、中野さんに向かって手を振った。

「ほらほら、あとはあたしに任せて。デートのある奴は帰った帰った」

中野さんはその言葉に笑顔で応えると、「お先に」とドアを出てゆく。否定しないっていうことは、本当にデートなのだろう。

「彼氏、いるんですね」

「あったり前じゃない。なに、サキちゃんうらやましい？」

身体にぴったりしたカットソーのボタンをかけながら、歌子さんが私を見た。その胸元、女の私でもちょっと目のやり場に困るんですけど。

「うらやましいっていうか……うーん」

漠然と彼氏が欲しいという気持ちはある。でも、前みたいな失敗が怖いのも事実。ああ、こんなところが器の小さい所以《ゆえん》かも。

「やっぱり、うらやましいかな」

舌を出しておどけてみせると、歌子さんが私の鼻をちょいとつついた。

「正直者ね、サキちゃん。とりあえずこれでも飲んで帰りなさい」

さっきから二人とも、やけにジュースを飲ませたがる。よく見ると、それはブルーベリー百パーセントのジュースだった。

「珍しいですね、ブルーベリーで百パーセントって」

「アントシアニン豊富、ってんで四谷が冷蔵庫にキープしてるの」

四谷さんが。理由もないのに、どきりとする。

「今まで、誰にもくれたことなんかなかったのになあ」

わざとらしい大声を出しつつ、歌子さんは私に向かってにやりと笑った。ぼってりとした唇には、意地悪っぽい微笑みがとてもよく似合う。

「それじゃ、お、さ、き」

私の頭にぽんと手を置いて、歌子さんもまたドアの向こうに消えていった。そして歌子さんがドアを閉めると同時に、まだ白衣姿の四谷さんが出てくる。眉をひそめて、不機嫌そうな顔。私は思わず、居ずまいを正した。

「信じるなよ。歌子さんは俺のジュースをさんざん飲んでるんだ」

「どういうことですか？」

「許可しなくても、勝手に飲んでるってことだよ。だから気にしないで早く飲めよ。ぬるくなるぞ」

言いながら、四谷さんはまた奥に戻っていった。なんだろう、なんだかちょっと楽しくなってきた。私はようやく、目の前に置かれた紙パックにストローを差し込む。一口。

なんだかすごく甘酸っぱい。身体のどこかがきゅーって声を上げそうな感じ。

＊

ちょうど時間にゆとりのある時期なんだ。そう言いながら昭島さんはソファに座り直した。会計を待つ間、私は二枚目のカルテ作りのため、昭島さんから雑談がてら生活習慣などを聞き出している。

「別にこれといった趣味はないなあ。学生時代はオールラウンド系のサークルに入ってたから、テニス、サーフィン、スキーは一通り出来るけど」

「今はどれもやってらっしゃらないんですか？」

「そうだね。たまにテニスに行くくらいかな。あ、でももし叶さんが行きたかったら、サーフィンでもスキーでも教えるくらいはできるよ」

現在は恒常的に行う運動なし、と私は片手でメモを取る。だったら歯を食いしばる傾向はなさそうだ。

「ところで、この間雨宿りのときにランチのおいしいお店の話をしましたよね」

「ああ、そうだったね」

「昭島さんって、何がお好きなんですか」

「好物ってこと？　うーん、これといってすぐには思いつかないけど、やっぱ肉系かな。牛丼、生姜焼きなんかいいね。あ、でもお袋の味系も好きだね。肉じゃがとか、ぶりの照り焼きとか」

甘辛くて濃い味が好きってことかしら。塩分が多そうだから、生活習慣病への注意が必要かも。

「ご自分で料理とか、されます？」

このカルテを作り始めてから気づいたことなんだけれど、料理をする人としない人は確実に何かが違う。その理由はまだわからないけど、私が思うに、料理をしたことがない人は、自分の口に入るものを見つめることがないんじゃないかと思う。

例えば、パスタソースを作ろうとしたとき、フライパンに油をひいてみる。これくらいかな、と入れた量は確実にできあいのものより少ない。それは塩加減にしても同じ。じゃあ、今まで口に入れていた料理には、どれくらいの量の油と塩が使われていたのだろう？　そう考えたとき、初めて自炊をしようって思ったよ。同じゼミの男の子は、そう言っていたっけ。

「僕はしないね。インスタントのコーヒーくらいは淹れるけど、朝はコンビニのパンで、昼は外だろ。それに夜も誰かと会っちゃうから、一人暮らしで材料買っても無駄になるだけだし。ま、誰か作りに来てくれる人が現れたら変わるかもしれないけどね」

食生活は改善の余地あり、と書き込む。運動もしないで肉系の味が濃い食事なんて、体にいいわけがない。

「お酒は、飲まれます？」

「普通にね」

そう言ったあとで、昭島さんはふと私を見た。

「よかったら今晩でも、飲みに行こうか？」

「ええ？」

思わず、変な声が出てしまった。すると昭島さんは笑って手を振った。

「冗談だよ、冗談。知り合ってすぐにお酒に誘ったりしないって」

「もう、びっくりしましたよ」

料金を支払いに近づいてきた昭島さんが、カウンターに寄りかかる。

「ごめんごめん。じゃあお詫びにコーヒーでもどう？」

二度目の誘いに、私は眉をひそめた。この人、やっぱりナンパ系の人なんだろうか。緊張して身構える私に、昭島さんは鞄から取り出した紙切れを見せる。それは十枚綴りのコーヒーチケット。

「やっすいので悪いんだけどさ」

ぷっと吹きだしてしまった私に、昭島さんはチケットを綴りごと押しつける。

「あの……」

「十回分。お茶するうちにもっと僕のことわかると思うよ」

「困ります、そんな」

「あんまり重く考えなくていいからさ」

さわやかな笑顔と共に、昭島さんは帰って行った。

＊

目の前に、二つの紙切れが並んでいる。今日もらったコーヒーチケットと、本庄さんからもらった映画の券。

携帯電話を片手に、私はうなだれている。

「サキ、サイテー」

「やっぱりそう思う？」

もやもやとした気持ちに、ヒロちゃんのきっぱりとした声が痛い。

「当たり前じゃん。微妙な感じの四谷さんって人がいるくせに、何？　ちょっと誘われたら、ほいほいついてくわけ？」

「ていうか、返しそびれちゃった感じ。どうしたらいいと思う？」

「でもその人ってさ、話を聞くだにサキの元彼に似てるタイプじゃない？」

そう。実は私のつきあってきた人は、ああいう感じの男の子が多かった。軽い喋りが上手で、女の子の扱いに慣れたタイプ。

「だよねえ」

「だったらなおさら、やめといた方がいいとあたしは思うけどね」

ヒロちゃんの言葉に、私はうなずく。思い出すのは苦い経験。告白された上で、振られてばかりの私。しかも今は、四谷さんとの間に微妙な空気が流れてる。もしかしたら私の勘違いかもしれないけど、この雰囲気を積極的に壊したくもない。

「ヒロちゃん、お願い。私をグーでぶって！」

本当を言うと、私は誰かに（ていうかかなりの確率でヒロちゃんに）叱ってもらいたかったのだ。誰かに止めてもらわないと、おかしな方向に流されそうで。

「……サキ」

ため息とともにヒロちゃんがつぶやいた。

「あんたは基本的に、倫理観がしっかりしてる。でも、ときどき押しの強い人に負けておかしなことになるでしょ」

「うん」

そう。私は他人に強く言われると「そうかも？」って思ってしまう癖がある。だから告白してくれた相手とばかり、つきあってしまうのだ。

「そして今回の相手もそう。今ならまだ断ることができるんだから、断っておきなよ。あんたが使うチケットは、そっちじゃないはずでしょ」

ヒロちゃんの声が、私の背中を強く叩いてくれたような気がした。私は軽く深呼吸をくり返し、空いている片手を握りこむ。

「ありがと、ヒロちゃん」

「どういたしまして」

気持ちのげんこつは届いたかな、と笑うヒロちゃんに感謝しつつ私は電話を切った。そして、自分で自分の頭をごつんとぶった。しっかりしなさいよ、サキ！

＊

「や、こんちは！　今日も暑いな」

開口一番、クリニックのドアを開けた小金井さんは大きな声で挨拶した。

「こんにちは」

戸惑いながら私が頭を下げると、小金井さんはにこにこしながらやはり元気良くこう言った。

「温度変化が激しいからな、あんたも冷房病には気をつけるといいよ」

あれ？　前回の件で私は小金井さんのご機嫌を損ねたと思っていたけど、そうでもないのかしら。ソファに座って顔をぱたぱたとあおいでいる小金井さんに、私は勇気を出して声をかけてみる。

「外は今、どれくらい暑いんでしょう?」

沈黙。答えがゆっくりなのかしら、と待ってみても何も変わらなかった。つまり、私の質問は無視されたのだ。挨拶はするけど、それ以上は口をきく気はない、ということだろうか。でも、そんなことするくらいだったらはじめから喋らなくてもいいのに。

しかし不思議なことに、小金井さんは特に悪びれた表情もしておらず、ハンカチで汗を拭ったりしている。すると、落ち込む私を見かねたのか連れの石原さんが口を開いた。

「外は、朝よりも気温が上がっています。さらに湿気がありますので、より鬱陶しい暑さになっていますね」

「そうですか……」

本当は天気の話を皮切りにして、小金井さんのことを知りたかった。けど、嫌われてしまったならしようがない。無理強いをするわけにもいかないし、私は黙ったまま作業をしていた。やがて奥のドアが開き、中野さんが呼び出しをかける。

「小金井さん、診察室へどうぞ」

先に立ち上がった石原さんが、小金井さんをうながした。また、二人で診察室に入るつもりなんだろう。ぼんやりと見送る私を、いきなり小金井さんが振りかえる。

「行って来るよ」

にっこりと笑顔で言われて、私は困惑した。喋ったり喋らなかったり、小金井さんは本庄さんのときとは違う。嫌われているのか、そうでないのかがどうもよくわからないのだ。

しかし事件は、その後起きた。

釈然としない思いで伝票の整理を続けていると、大きな声が聞こえてくる。

「だからこれでいい、と言っておるだろうが！」

どうやら小金井さんが怒っているようだ。そして間髪入れず、四谷さんの声が聞こえてくる。

「でもどんな具合か言っていただかないと、調整ができないんですよ！」

入れ歯に関して、二人は言い争っているらしい。

「何度も何度も口を開けたり閉じたり、面倒なんじゃ！」

「面倒でも、それをしないとわからない部分があるんです！」

雰囲気から察するに、問題は入れ歯の装着感だということがわかる。

「口の中の感じなんか、そうそう聞かれてもわからんわ！」

「だからこそ、三日間のお試し期間を設けてるわけです！」

それにしても、二人ともなんて大声なんだろう。受付にいる私にまで、一言一句漏らさずに聞こえてくるなんて。

「ともかく、わしはちまちまやるのが嫌いなんじゃ！」

その声を最後に、診察室の言い合いはぴたりとやんだ。四谷さんが退《ひ》いたのか、小金井さんが口を開いたのかはわからないが、ともかくクリニックには再び静寂が戻った。

しばらくして、診察を終えて出てきた小金井さんはやはりむっとした表情をしている。どう声をかけたものかと、私はカウンターの中で逡巡した。しかし小金井さんは何故かそんな私に向かって、再び笑顔を見せる。

「世話になったね！　今日で最後だ。あんたも元気でやんなさい」

入って来たときと同じくらい、元気で陽気な声だった。

「あ、ありがとうございます」

ぺこりと頭を下げると、小金井さんは満足げな笑みを浮かべて去ってゆく。そしてお会計中の石原さんは、私が話しかけようとしたとたんに鞄をぱちりと閉めてカウンターを離れた。

私は頭の中にクエスチョン・マークを浮かべたまま二人を見送る。

（とにかく、四谷さんに聞いてみよう）

気持ちを切り替えて立ち上がろうとした瞬間、再びクリニックのドアが開いた。

「いらっしゃいま……あっ」

そこには、昭島さんが立っている。予約では、明後日の夕方のはずだったけど。私はパソコンの画面を呼び出して、彼の治療スケジュールを確認した。

「うん、今日は患者として来たんじゃないよ。ただ近所を通ったから、お茶の返事だけ聞こうかと思って」

邪気のない微笑み。しかし次に彼の発した言葉が、私の胸に刺さった。

「携帯の番号は、お茶の時にでも聞けばよかったんだけどさ。こっちの都合もあるから、早めに時間を決めてもらいたいんだよね」

確かにそこそこハンサムだし、つきあうにはもってこいのタイプだろう。でも、と私は思う。この人、私が断るなんてこれっぽっちも考えてない。しかも携帯電話の番号を、教えられて当然みたいな言い方をしてる。

一瞬、扉の向こうの誰かを呼ぼうかと思った。けれど四谷さんは小金井さんの入れ歯を作っているだろうし、唯史おじさんは予約のお客様を治療中だ。しかも院長は、こんなときに限って外出中。

「どうしたの？　せっかく来てあげたんだから、言ってごらんよ。それともお茶じゃなくて食事がいいのかい？」

返事をしない私に少し苛立った様子の昭島さんは、手の中の携帯電話を開けたり閉じたりした。きっとこの人とつきあったら、いつもこんな風に上からものを言われるんじゃないだろうか。私は年下だけど、彼氏と彼女は同じ位置に立ちたいと思う。だからせめて、断るときくらいは対等な立場で断ることにした。

「あの、昭島さん」

いつ返事をしようかと持ち歩いていたコーヒーチケットを、私は足元のバッグから取り出した。

「これ、お返しします。お気持ちはありがたいんですけど、私、おつきあいすることは出来ません」

「なにそれ」

昭島さんの顔が、いきなり不機嫌そうに歪む。そして受付での会話を聞きつけたのか、葛西さんが不審そうな表情で顔を出した。私はなんでもありません、と微笑んでから再度昭島さんに頭を下げる。

「ごめんなさい。お引き取り下さい」

「はあ？」

「次回、ご予約の時間にお客様としてお待ちしています」

私の言葉に、昭島さんは見る見る顔色を変えた。

「君さ、ちょっとおかしいんじゃないの」

「はい？」

「僕、一度でも君につきあってくれなんて言ったかな？」

この辺に不慣れな感じだし、親切心でお茶に誘ってやっただけなのにさ。そう言いながら昭島さんはコーヒーチケットを摑んだ。

「馬鹿にするのもいい加減にしてくれよ」

捨て台詞を残して、昭島さんはクリニックを出ていった。

(よくやったサキ、一人で断れたじゃない)

心の中でヒロちゃんの声が聞こえたような気がする。私は緊張のあまり握りしめていたもう一つのチケットを、そっとカウンターの上に置いた。

*

しかしというかやはりというか、予約の日に昭島さんは現れなかった。

「おかしいわね」と事情を知らずに首をひねる春日さんの手前、私は受付係として昭島さんの携帯に電話をかける。電波の遠いところにいるのか、呼び出してもなかなか出ない。諦めて切ろうとしたそのとき、いきなり電話が通じた。

「もしもし、品川デンタルクリニックですが」

「君、なに考えてんの」

不機嫌そうな声。やはり先日のことを引きずっているんだろう。

「はい？　あの、これは歯科医院としての電話です。予約に来られない場合は、事前にお電話していただきたいんですが、今日のご都合は……」

「だからさ、そういう口実で電話かけてくるの、やめてくれるかな。気分悪いよ」

私の言葉を遮るようにして、昭島さんは電話を切った。私は通話の終わった受話器を持ったまま、しばし呆然としている。確か虫歯が見つかったたって言ってたのに。あの人、どうするんだろう。怒りとか悲しみはまだ追いついてこない。ただ、呆れていたのだ。

のんびり育てられたせいか、私は昔から怒るタイミングを逸することが多い。例えば街で誰かにぶつかられ、「どこ見てるんだ」と理不尽な声をかけられる。すると私は瞬間的に自分が悪いのかも、と思って頭を下げてしまう。しかし何歩か歩くうちに、自分が悪いのではないと思い至り、そこで初めて怒りが湧いてくる。たまらずふり向き、「そっちが悪いんじゃない」と私が声を発する頃には、相手は見えないくらい遠くに歩み去っている。私の怒りはそれくらいゆっくりやってくる。

「サキちゃん、どうしたの」

春日さんの声に、私は無理やり笑顔を作った。

「すみません。私、お客様を怒らせてしまいました」

「え？　どういうこと？」

首をひねる春日さんの前で、ゆっくりと受話器を置く。うん、まだ大丈夫。

「昭島さんです。私の言い方が悪かったのかもしれません。もう、電話しないでくれって言われちゃいました」

「なにそれ。お客様でもちょっと失礼じゃない？　今聞いてたけど、サキちゃんは別に相手を怒らせるようなこと、なんにも言ってなかったわよ」

言いたくはない。けど、言わずに説明もできない。じわじわと広がるどうしようもない気分が、喉元をせり上がってくる。そして私は、中野さんに言われた台詞を思いだした。ちょっとでも不安に思ったら、一人で対処しないで私たちを呼んでね。馬鹿な私。また一人でなんとかしようとして、ひどいことになってるじゃない。

「サキちゃん……？」

「すみません、あの……」

泣いちゃ駄目。そう思うほど、身体は私を裏切った。こみ上げる涙は勝手にこぼれ落ち、書きかけのメモを濡らす。人前で、しかもアルバイト先で泣くなんて最低だ。春日さんにも心配をかけて、クリニックにも迷惑をかけた。考えれば考えるほど、自分で自分が許せなくなってくる。涙を止めたいのに、遅れてきた怒りや悲しみが心の中で暴れ回って、なかなか鎮《しず》まらない。嗚咽《おえつ》をもらしながら、私は下を向いたままぽろぽろと涙を流し続ける。

そんなとき、絶妙のタイミングで四谷さんがドアを開けた。

私は今でも、このときの四谷さんを忘れることができない。

＊

四谷さんはドアを開け、泣いている私の顔を見るなり、すぐに踵を返して診察室へと戻った。そして両手いっぱいのロール綿を摑んで帰ってきたのだ。ちなみにロール綿というのは、歯と歯茎の間に入れて唾液を吸収させたりするための、シガレットチョコみたいなサイズの棒状の綿のこと。それを私の前のカウンターにぼろぼろとこぼした。

「ちょ、ちょっと四谷さん。これじゃ拭きにくいですよ」

春日さんが驚いて四谷さんを見ると、彼は再び診察室へと入って行き、今度は山のような滅菌ガーゼを持って帰ってきた。

目の前に積み上げられた、ふわふわと白い布の山。そしてその前にたたずむ、困惑した表情の四谷さん。びっくりさせちゃったんだな。でも、心配してくれたんだな。私は思わず、涙を拭うのも忘れてくすりと笑う。

「笑うとこか、ここ」

我に返ったように、憮然とした表情で四谷さんが口を開いた。

「はい」

私は四谷さんに向かってうなずく。するとなぜだか、さっきよりも沢山涙が溢れてきた。

「あ、あれ？」

ガーゼで押さえても、とめどなくこぼれ落ちる涙。

「きっと安心して、気が緩んだんでしょ」

春日さんが私の背中をとんとんと叩いてくれる。

＊

結局昭島さんの件は、休み明けの成瀬先生と院長をまじえて、翌日のお昼に話すことになった。私が雨宿りの件から昨日の電話までを説明すると、皆の顔が一様に歪んだ。私はあらためて、自分がクリニックに与えた損害の大きさを考える。

うつむく私の正面で、院長が机を叩いた。

「これはどうも、許し難い」

責任をとって、辞めてもらおう。そんな台詞を覚悟していた。しかし何故かその隣で、成瀬先生が激しくうなずいている。

「本っ当に許せない！　うちのマスコット・ガールになにすんだって話ですよ！」

……はい？

「わかりやすいテクで、純真なサキちゃんをひっかけやがって。俺なんか百年前からそんな手使ってるって！」

　そのコーヒーチケットも、絶対まとめ買いしてるから！　と成瀬先生は憤る。あの、もしかして先生、まったく同じ手で女の子をひっかけてたってことですか？　ていうか、マスコット・ガールって何？

「ま、叶先生と四谷くんじゃ気づけなかったのも無理ないかな。ああ、それにしてもすっげえ口惜《くや》しい！　俺がいたらそんな奴、簡単に撃退してやったのに！」

　呆然とする私に、成瀬先生は三本の指を立てて突きつける。

「ナンパの注意点、三カ条！　とりあえず覚えとけば、今回みたいな安いタイプにひっかからないから。いい？」

　勢いに押されてこくりとうなずく私に、成瀬先生は説明する。

「共感、去り際、情報。これが揃ったら、危ないからね」

　一つ、と先生は人差し指を示した。共感は、今回で言えば雨宿りでの「あっちのコンビニに駆け込めばよかった」という会話がそれに当たる。

「人と人とがつながるには、どんな小さな事でも声に出して共感を煽《あお》っていけば成功しやすいんだ。なにも話題がなくたって、雨ですね、濡れちゃいましたね、で充分。話題は何だっていい」

「それって仮想敵国の設定論理に似てない？」

横から歌子さんが、茶々を入れる。しかし成瀬先生は、首を振った。

「確かにね。共通の敵を作れば、つながりはもっと素早くなるし、共感のポイントも上がる。けど、そんな関係は恋愛では長続きしにくいよ」

そりゃそうだ、と唯史おじさんが深くうなずく。

「不満や悪口を言っているときの顔って、素敵とは言い難いですもんね」

囁くような中野さんの言葉が、静かに胸に染みた。

「でもってその二。去り際がやけにあっさりしてること。でもそれには条件があって、その三の情報を得ていること、というのが大前提にある。つまり、サキちゃんが品川クリニックに勤めているということを知ったからこそ、相手はあっさりと別れたわけだ」

他にもおおまかな会社の場所とか、よく行く店とか、聞いておけば出会う確率の高い情報ってのを初回に聞いておくわけ。そうすれば、運命の再会ってやつをやりやすくなる。

「で、先生はその運命の再会というのを、どれくらいくり返してらっしゃるんですか」

得意げに喋る成瀬先生に、葛西さんがたずねた。

「ま、ざっと二十数回ってとこかな。でも、これだけは言っておくよ。俺はね、一度でも声をかけたら、誠実につきあうから。だって自分から気に入って声をかけたんだからさ」

つまり二十数回、ふられているんですね。葛西さんの冷静な分析に、成瀬先生はがっくりと頭を垂れる。

「とにかく、用もないのに名前を聞いてくる男には注意！」

「先生、それって近親憎悪ですわ」

やりこめられた成瀬先生は、それでも口惜しそうに昭島さんの名刺を眺めている。そういえば、確かにあのとき昭島さんは私に名前を尋ねたっけ。それもまず自分の名刺を渡してから、何気ない風に携帯電話のメモを開きながら。もし本当に歯科医へ行こうと思っていたのなら、それは必要のない情報だ。だいいち、私はただのアルバイトだって知った後だから、サービスを期待していたわけでもない。

つまり最初から、ただのナンパだったのだ。

(馬鹿みたい。お客様を増やすつもりで言ったのに、ただの軽い子だと思われて、皆に迷惑かけて)

肩を落とす私の隣で、四谷さんがぼそりとつぶやく。

「咲子さんは悪くない」

「え？」

「咲子さんは、悪くないって言ったんだ。だってあの昭島って男には、もう一つの目的があったんだから」

そう言って、テーブルの上から昭島さんの名刺をつまみ上げた。

もう一つの目的、っていったい何のことなんだろう。首をかしげる私に、四谷さんはちらりと口角をあげて笑ってみせた。安心しろよ。そんな声が聞こえてきそうな笑顔だった。

「この男の勤める会社ですが、咲子さんの聞いたところでは精密機械の製造・販売をしているということでした。でも、俺はこの会社の名前をどこかで目にしたことがあった」

そんなに有名な会社なのかしら？　少なくとも、あまり町中で見かけるような名前じゃないけど。

「それはどこなのかとさっきから考えていたんだが、やっと思い出した。俺はこの企業名を在学中、就職課の前で見ていたんです」

「ということは、同じ業界の奴ってことかい？」

眉間に皺を寄せた唯史おじさんの質問に、四谷さんはうなずく。

「そう。俺はこの会社の名前を、材料屋として知っていた」

材料屋？　それってどういう仕事なんだろう。相変わらず業界用語に疎《うと》い私に、四谷さんは説明してくれる。

「材料屋っていうのは、歯科医院が新規にオープンするときや、改装するときに関わる業者のことだ。医療機器をはじめ、内装、備品まで医院が必要とする物を全て揃えるのが彼等の仕事さ」

もっともこの会社の場合は、基本的に大物、つまり医療機器を売るのが真の目的なわけだけど。四谷さんはその名刺を院長に渡す。

「なるほど。確かにこの会社は、精密機械といっても医療用のブランドを持っているな」

「ということは、うちを調べたくて来院したってこと？」

ぷんぷん、という擬音が聞こえそうな声で春日さんが四谷さんを見た。

「そう、この男は雨宿り先で咲子さんの職場を知り、それならナンパついでに医院の下調べもできると踏んで来院したんだ」

つまり昭島さんは、患者として診察室に入ることでこのクリニックがどこのメーカーの機械を使っているのか、主な材料屋はどこなのかを確認していたのだ。

「じゃあ、私が断って来なくなったのは……」

「下調べの結果、うちは仕事にならないと思ったからだろう」

「当クリニックの使用している器材は、院長がお金に糸目をつけずに購入してますからね」

葛西さんが苦虫を嚙みつぶしたような顔で、ちらりと院長を睨む。

「いいじゃないか。その方が患者のためだし、第一わしは材料屋まかせで適当な機器を集めるのは好かん」

院長が新しもの好きで、その上歯科グッズおたくだったことが昭島って奴の敗因ね。歌子さんが笑いながら名刺をひらひらと振った。

「院長、この会社と将来的におつきあいする予定はありますか？」

「特にない。ついでに言えば、どう扱ってもかまわんよ。歌子くんの好きにしたまえ」

「では、後で電話をかけさせていただきますわ」

歌子さんの綺麗な眉が、最大級の意地悪さでつり上がる。私は少しだけ、昭島さんに同情した。

この報告会の後、私は聞いてしまったのだ。歌子さんがつけつけとした口調で、昭島さんの会社へ電話をかけているのを。

おたくの営業は一体どういう教育を受けてるんですの。仮にも患者となった以上、治療の途中で来院しなくなるなんて、歯科医院を理解していないにもほどがあるんじゃありませんか。こんなことをくり返すようでは、こちらとしても他の医院に名指しで注意を促すことになりましてよ。

ちなみにそのときの歌子さんは、いつもより数倍凄みが増して綺麗だったことをつけ加えておく。

＊

皆のおかげで、私は再び顔を上げて仕事ができるようになった。恥ずかしくて馬鹿なことをしたけど、それを取り返すにはやっぱり、一生懸命働くしかない。私は自分にできる限りの笑顔と、丁寧な接客。そして二枚目のカルテのため、自然な会話からの情報収集を心がけた。

午後にはおなじみのお客様も何人か来院し、その中には映画のチケットをくれた本庄さんもいた。

「ところで、あの映画はもう観たかい」

何気なくたずねられて、どきりとする。しかも間の悪いことに、ちょうど四谷さんが奥から出てきてしまった。

「あの……」

「四谷さん、仕事もいいけどたまには彼女をかまってあげないと」

「はい？」

怪訝そうな顔で、四谷さんがふり向く。ああもう、隠したって良い結果は生まないって学習したし、正直に言うしかない。

「四谷さん」

「なに」

「この間、本庄様から映画のチケットをいただいたんです。それで……」

駄目だ。顔が熱くなってくるのがわかる。さり気なく、友達を誘うように言えばいいだけなのに、うまく言葉が出てこない。どうしちゃったのよ、私。

「一緒に……」

たどたどしく喋る私を見て、四谷さんは軽くうなずいた。

「ああ、あの話か」

「え？」

話した覚えはないのに、と言いかける私を制して四谷さんは続けた。

「今晩か明日あたり、行こうと思ってたんですよ。どうだろう、咲子さん」

「え？　あ、はい」

本庄さんとの会話を察して、助け船を出してくれたんだ。そう気づくまでに、数秒かかった。

「それならよかった。楽しんでおいで」

本庄さんの姿がドアの向こうに消えてから、私は四谷さんをちらりと見上げる。相変わらずの粉まみれ。

「ありがとうございます」

「別にいいよ。それより咲子さん、本当に映画観に行く？」

予想外の言葉に、私は思わず顔を上げる。すると、四谷さんはふいと顔をそらした。

「もう、行く人が決まってるなら無理しないでいいよ」

横顔が、ほんの少し赤く染まっている。それを見た私は、つられたように赤くなる。これじゃ、うまく喋ることができない。映画に行ったところで、内容も頭に入ってこないかもしれない。でも。

でも、一緒に行ってみたい。

＊

明日に持ち越しても、余計緊張するだけかもしれない。そう思った私は、今晩出かけることに決めた。

思いたったが吉日って言う。とにかく飛びこんでみないことには、はじまらないもの！

最後のお客様を見送り、カウンターの中を片づけ、カルテの整理をして四谷さんの上がりを待つ。私はてっきり、皆に見られたら恥ずかしいから外で待ち合わせるのだと思っていた。けれど四谷さんはそうせず、ただ「終わったら一緒に出よう」と言う。

（もしかして、私がそういうこと気にしすぎなのかな）

昭島さんの一件もあったことだし、あまり頭を恋愛寄りにするのも良くないかもしれない。でも、どうしたってなんだかどきどきしてしまう。どうせならもうちょっと可愛い服を着てくれば良かったとか、汗くさくはないだろうかなんて、くだらないことばかり考えて。

「お待たせ」

奥から出てきた四谷さんは、穿き込んだデニムにTシャツ、それに半袖のシャツを羽織るという、ごくありふれた格好だった。カットソーに膝丈のスカート、それにキラキラのミュールを履いた私と並ぶと、よくいるカップルみたいに見える。私より五歳くらい年上なはずだけど、白衣を脱いだ四谷さんは若く見えるせいか違和感がない。

微妙な緊張の中、着替えを終えた歌子さんが出てきた。

「お疲れさま。二人揃ってどこか行くの？」

四谷さんがちらりと私を見る。言い訳の余地を残してくれているのだろう。でもすでに、緊張はしても隠す気はなくなっていた。

「はい。本庄さんにいただいたチケットがあるので、四谷さんとデートしてきます」

言い切った私を、歌子さんは面白そうな表情で見ている。そして四谷さんはといえば、失礼なことに笑いをこらえているようだった。

「ふうん。じゃあ楽しんできてね」

私も今夜はデートだから、と言い残して歌子さんは帰っていった。いつもより数倍胸元の開いたカットソーと、下着のラインが出そうなほど身体にぴったりとしたタイトスカート。あれじゃ、相手がどこの誰でもノックアウト確実だ。

映画にはまだ時間があったので、私たちは軽い食事をとろうと手近なアジア風のカフェに入った。私は歌子さんの前でカミングアウトしてしまったせいか、やけにすっきりとした気分になっている。だからという訳ではないけれど、頼んだメニューも「食べやすさ」より「食べたさ」を優先していた。

　甘酸っぱいスイートチリソースがかかった鶏ご飯に、ジャスミンティー。四谷さんは豚の角煮のつけごはんと、凍頂烏龍茶。向かい合って食べることにさほど抵抗がないのは、普段のランチタイムのおかげかもしれない。

「ところでさ」

　四谷さんが箸を動かしながら顔を上げた。

「ここで話すのもなんだけど、咲子さん、まだ気になってる患者さんがいるだろ」

「え？」

「小金井さんだよ。声がでかくて、二人連れで来るじいさん」

　確かに小金井さんのことは気になっていたけど。

「でも、もう来ないと言ってましたよね」

「いや、来るよ。というか、来させる」

　そう言って四谷さんは、おかわりの烏龍茶を自分で注ぐ。細かな作業に慣れた人らしく、急須の蓋を押さえる指が丁寧な印象を残した。

「どういうことですか？」

「あの人は本庄さんと同じで、知られたくないことがあるから、あんな奇妙な言動になってるんだ。それがなにか、わかるかい？」

小金井さんの特徴を、私は思い浮かべる。声が大きいこと。話しかけても無視するくせに、ときどき上機嫌で話しかけてくること。さらには、必ず二人連れなこと。二人連れ、ということはあの石原さんがいなければならない理由があるはずだ。でもそれは、口に限ったことだろうか？

コリアンダーを箸でいじりながら、私は考える。大きな口を開けていたし、きっと問題は別の部分にある。年輩の方だから、どこが不自由でもおかしくはないはず。でも小金井さんは自分の足で歩いていたし、立ったり座ったりもスムーズだったはずだ。

身体ではない、と考えるなら残るは心だ。あの激しい感情の起伏。そして一貫性のない会話。そして介添えが必要な状態を推理すると。

「躁鬱《そううつ》、じゃなくて認知症ですか」

私の答えに四谷さんは惜しい、と笑った。

「目に見えない部分が不自由だ、というところは合ってるよ」

「じゃあやっぱり、匂いとか？」

最後のご飯をかきこんだ四谷さんは黙って耳を指さす。もしかして。

「耳が不自由だったってことですか」

お茶を一口飲んで、四谷さんはうなずく。

「そういうこと。小金井さんは難聴だ。だから声が大きくなるし、聞こえたり聞こえなかったりで会話にもずれが生じてる。本来なら補聴器をつけるべきなんだろうけど、彼はそうしていない。石原さんという同行者を連れているのも、大切な会話を聞き漏らさないための防衛策だと考えれば、診察室に入るのも納得できるだろう」

そう言われて、私は思いだした。小金井さんが私を無視したのは、いずれもカウンターから離れた場所でのことだ。そして数少ない会話は、すべて一方通行でもおかしくないようなものばかり。

「じゃあ、なんで小金井さんは補聴器をつけないんですか？」

「多分、恥ずかしいんだろうな」

「そんな理由でつけないなんて……。だって危ないじゃないですか。石原さんがいないときとかは、一体どうしてるんでしょう」

「でも咲子さん、隠したい気持ちは俺にもわかるよ。だって耳が遠いなんて、むちゃくちゃ老人ぽい感じがするだろ」

それはまあ、そうかもしれない。

「それに小金井さんは地位もお金もある人みたいだし、そんな人が誰かに『え？　今なんて言いました？』なんてプライドが邪魔して聞けないんだろう」

だからね、と四谷さんは両手の指を組んで前へ乗り出した。

「あの人は、耳のことを言われるのが嫌で、入れ歯を何個も作ってるんだ」

*

ドクター・ショッピング、という言葉を知ってるかい。四谷さんに聞かれて、私はうなずく。確か以前、ニュースの特集で見たことがある。

診察された医師の治療方針が気に食わず、複数の医師を渡り歩く。それがまるで気ままなお買い物のように見えることから、そう呼ばれるのだという。

「小金井さんが、ドクター・ショッピングをしているんですか？」

「ああ。あの人の注文は、保険の適用内で全床《ぜんしょう》義歯を一床作ることだった。それも一回の型取りと、一回の合わせで済ませるようにと」

ちなみに全床義歯っていうのは、いわゆる総入れ歯みたいな、歯列全てが揃った義歯のことだよ。そして入れ歯は部分入れ歯でも、いっしょう、にしょうって数えるんだ。四谷さんはそう説明してくれた。

「保険の適応内を希望するっていうことは小金井さんの場合、コストをかけたくないと共に、作る側にも時間を与えたくないように思えた。そして義歯に関しては一番大切な装着後のディスカッションを拒むのは、さっきも言ったとおり耳のことを知られたくないからだ。この二つを併せて考えると、小金井さんの行動が見えてくる」

「それって……」

「安い入れ歯を数打ちゃ当たる方式で、作りまくってるってことだ」

でも、安い上に一回で済ませろなんて無理を言うから、満足のいく入れ歯なんてできるわけがないのさ。四谷さんの組まれた指先に、ぎゅっと力が入る。

「たとえ保険適応内であっても、歯科技工士はその人にフィットする入れ歯を作ることができる。ただ、それには時間が必要なんだ。丁寧に型を取って、それを装着し、どこが当たるのか、どこが浮いてしまうのか、何度も話し合ってその人の口に合わせていく時間がね」

「素材が高くて、保険外のものを使ったらどうなるんですか？」

「そりゃあ、もっといい物が作れるよ。でもそれは俺たちの力の及ばない部分の話さ。熱伝導率の高さとか、可塑性《かそ》の問題とか」

だから、と四谷さんは私を見つめた。その真剣な瞳に、どきりとする。

「合わせる努力をしなければ、ぴったり合う入れ歯なんて一生できっこないんだ」

「だって全ての義歯は、オーダーメイドなんだから」

＊

合わせる努力。添う努力。もともと歯ではない物質を、いかに違和感なく装着させるかの努力。それらが併さってはじめて、心地の良い義歯は完成する。

「その権利をはなっから捨ててる小金井さんを、俺は放っておくことができない。合わない義歯をつけ続ければ、歯茎から痛んで、いつか入れ歯さえもつけられなくなる可能性もあるし」

歯をつけることができなければ咀嚼《そしゃく》も困難になり、体が弱る。そして口元はいかにも老人、といった風情になってしまうだろう。

「だから俺は、それを説明して小金井さんに通院してもらおうと思ってるんだ」

たとえ耳のことを盾にしておどしてでもさ。四谷さんはちょっとおどけた表情で笑った。

こんな顔、初めて見る。

「そういえば、昭島ってやつも小金井さんと似たところがあったな」

「どういうことですか?」

私が怪訝な声を出すと、はっとした表情で四谷さんが固まった。

「ごめん。今この名前を出すこともなかったな」

「いいんです。気にしないで下さい」

実際、昭島さんのことはもうふっきれていた。いい勉強になったとは思うけど、名前を耳にして傷つくほどでもない。

「二人が似てるって、どんなところがですか」

「あいつ、虫歯があるって言ってただろう。それで俺も口内を覗いたんだけど、そこに治療しかけの歯があったんだ」

「ていうことは、以前にも他の医院にかかっては途中で行かなくなっていたってことですか」

「そうだ。まるで放浪者のようにあちこちの医院を渡り歩いて、結局一つも自分のためになっていない。それはあの二人が、受け身で幸運を待ち続けたからだ」

受け身で、幸運。この言葉は、かなり耳に痛い。今までの私の恋愛も、きっとそんな感じだったろうから。

「おとぎ話のヒロインじゃあるまいし、ある日突然自分にぴったりの何かが見つかるまで待つなんて、どうかと思わないか」

自分にぴったりの入れ歯を一発で作る天才技工士。あるいは納入先にぴったりで、同業者の手垢がついていない医院。そして、私にぴったりの、私の内面まで見てくれる彼氏。

「そうですよね。合わないからって投げ出しても、本質的な解決にはなりませんよね」

つきあおう、ときっかけを作ってくれたのは相手の方。でも私は、そこから合わせてゆこうとはしなかった。でも、今度は違う。このあやふやな感情の行き先はまだわからないけど、四谷さんとなら合わせる努力を惜しまない。

私は残ったジャスミンティーを飲み干すと、四谷さんに時計を示す。

「そろそろ行かないと、はじまっちゃいますよ」

＊

お買い物は楽しい。あれやこれやと迷ってどれもこれも欲しくなる。

でも手は二本しかないし、自分は一人しかいない。不必要なものまで手に入れようとするのは、お互いの不幸のもとだ。


「ところで、あれわかった？」

映画館への道を歩きながら、四谷さんがケーキ屋を指さした。

「ああ。なんで飛び跳ねたのがわかったか、っていうクイズですね。でもまだ、わからないんですよ。もうちょっとヒントは貰えませんか？」

熱の引いた夜風に吹かれながら、四谷さんが笑う。その横顔は、いつもの無表情とは全然違う。まるで子供みたいな、開けっ放しの笑顔。

「じゃあ、第二ヒントはケーキの形。タルト系と他のケーキは、形が違う。どんなだったか、覚えてる？」

確か、あの店のタルトは丸い形で、ショートケーキやムースは三角。そしてチョコレートケーキは四角だった。そして転んだケーキはひらたい洋梨のタルトではなく、盛り上がったチェリータルト。そこまで考えて、私はようやく正解にたどり着いた。

「わかった！　重心と安定の問題だったんですね！」

丸くて乾いた台の上に、水気が多いアメリカンチェリーとクリームが載せられたタルト。それは自動的に重心が上に集まる。さらに他のケーキはタルトと違って角があるため、互いが組み合って安定していたのだ。

「ただ箱をぶつけたなら、ぶつけたそばのケーキが崩れる。けど、上に跳ねたとき転ぶのは、重心が上にあって底が丸いケーキ。違いますか？」

初めて自分で謎を解き、興奮する私の頭に四谷さんはぽんと手を載せる。

「お見事」

じゃあご褒美に、次回の映画は俺が奢《おご》ろう。そう言って先を歩く四谷さんの背中を私は追いかける。

ライトアップされた通りの並木が、まるでバースデーケーキのようにきらきらと輝いている。それを見た私は、思わずミュールの踵《かかと》を鳴らして踏み切った。

ジャンプ。今度は転げたりしないんだから。

遊園地のお姫様

もうすぐ、夏休みが終わる。パソコンのディスプレイに映ったカレンダーを見つめて、私はため息をついた。八月最後の週。私がこの席に座っていられるのも、あとわずかだ。

「あら、もうすぐお給料日じゃない」

不意に歌子さんが、背後から画面をのぞき込んだ。

「そういえばそうですね」

クリニックには、葛西さんの叩くキーボードの音が響いている。月末の経理担当はとても忙しそうだけど、それとは裏腹に今週は予約のお客様が少ない。夏休みの疲れだろうか。

「あーあ、この夏はきりきり働いたから、なんか一発どーんと買いたいわ」

「洋服とか、バッグですか？」

私の質問に、歌子さんは首を横に振った。綺麗に輪郭が描かれた唇の端が、くいっとつり上がる。

「洋服やバッグなんて、ちっちゃいものよ。あたしが欲しいのはね、家なの」

「い、家？」

どーんと、の規模があまりにも大きくて私は面食らう。普通、家って人生最大の買い物とか言うんじゃないだろうか。

「そうよ。できればログハウスっぽいのがいいわね。今のじゃちょっと手狭になったから、広さもほしいし」

「ログハウス……ですか」

呆然とつぶやく私の横を、すっと白衣が横切った。

「歌子さん、咲子さんは遠回しな言い方してるとずっと気づきませんよ。欲しいのは、犬小屋なんでしょう」

「犬？」

四谷さんが、いつものように粉にまみれた指先で前髪をかき上げる。

「あらやだ。言わなかったかしら？」

歌子さんが、ぺろりと舌を出す。確かにログハウス風も、犬小屋なら納得できる。

「わざと言わなかったくせに。ていうか、また俺のジュース飲みましたね。名前書いておいたのに」

「ごめんごめん。ちょっと喉が渇いてたから」

後でコンビニ行ってくるわ。そう言いながら歌子さんは診察室へと姿を消した。

「まったく、困った人だ。わざと人をひっかけて遊ぶんだから」

「でも、楽しいですよ」

歌子さんは、見た目はこれ以上ないというほど大人の女性なのに、子供っぽいいたずらが大好きだ。昨日も、院長が楽しみにとっておいた和菓子を冷蔵庫の奥深くに隠して喜んでいた。すぐにそれは発覚して中野さんにやんわりと怒られていたけど、私はそんな歌子さんが好きだ。大人なのに、ちょっと可愛いところがいい。それって、私のパパやママにも通じる部分だと思うのだけど。

「ところで、今日は本当に暇ですね」

今度は四谷さんがディスプレイをのぞき込んだので、私はどきりとする。急接近。とはいえ歯科技工士の四谷さんからは、何の香りもしない。患者さんに直接触れる仕事だから、スタッフは皆無臭を心がけているのだ。清潔感があるのはいいことだけど、でも、ちょっと物足りない気分にもなる。

「午前中はこの人だけでしょう？」

すっと画面をさした指に、私はつかの間見とれた。四谷さんはいつも粉まみれでぱっと見は怪しいけど、粉を払い落とせばごく普通の青年だ。ただ、その中で手だけは別格だと思う。薄い掌と、細くて長い指。〇・一ミリのずれが装着感を左右する、技工物作りに適した繊細な指先。私が四谷さんの手の魅力に気づいたのは、ごく最近のことだ。

もとから手先が器用な人だということは知っていた。若鮎の複製を作ってくれたときも、まるで彫刻家のようだと思っていたし。けれどその指先に私の目が吸い寄せられたのは、あるお客様の治療中のことだった。

＊

普段の私は、治療中に診察室を横切ることなど決してしない。理由は、お客様に失礼だからというのが建て前で、本音のところはやっぱり怖いから。けれどこのときは、奥の部屋にしまい込まれたファイルがどうしても必要だったため、やむなく診察室を横切るはめになった。

「……失礼しまーす」

おそるおそるドアを開けて、できるだけ治療中の椅子から顔をそむけて私は歩き出す。すると案の定、不吉な音が聞こえてきた。

ちゅいーん。いいいーん。ずずずーっ。

(どうして耳にはまぶたがないのーっ！)

心の中で悲鳴を上げながら、私は壁際を伝うようにして進む。しかし幸いなことに、不吉な音はものの十秒もしないうちに止んだ。

「どうです？　インターバルつきでこれをくり返すのと、一気にがーっとやっちゃうのと、どっちがお好みですか？」

成瀬先生の声が、聞くとはなしに耳に入ってくる。

(お好みって聞かれても……ねえ)

私だったらどっちも嫌、としか言えないだろう。けれど意外にもお客様は楽しそうな声でこう告げた。

「ああ、そうだね。わしは長い間口を開けとるのが苦手だから、ちょっとやっちゃ休憩、ってのにしてもらえるとありがたいね」

そうか。私は久しく体験していないから忘れていたけど、長時間口を開けているのって結構つらいものだ。しかも、今治療中のお客様はかなり年輩の方だから無理は禁物なはず。

「わかりました。そうしていただけるとこっちも楽ですよ。休み休み、確認しながらいきましょうね」

鼻歌でも歌い出しそうに明るい成瀬先生の声。でもそれは、細やかな気づかいの隠れ蓑なのだろう。そんなことに気づいて、私の恐怖心はちょっとだけ薄らいだ。

奥の部屋で目的のファイルを探しながら、私は考える。やっぱり、あんまり怖がってばかりいるのも問題よね。痛いから見たくない、聞きたくないと思うのは、お客様が痛い思いをしないように細心の注意を払ってる先生たちに対して失礼な気もするし。

虫歯が痛いのは、歯医者さんのせいじゃない。でも歯の痛みというのは一種独特なものだし、自分では見えない部分をいじられるから患者の不安感はふくらみがちだ。しかも皮肉なことに、早期発見であればあるほど「歯医者へ行って痛い思いをした」という感想が多いのだという。

これは以前、春日さんが言っていた話なのだが、小学校などの集団検診では虫歯の早期発見が予防歯科として重要な位置を占める。そこで治療が必要だと思われる虫歯が見つかった子供は、歯医者さんへ行くことになるのだが、そのとき問題なのは「自覚症状がないこと」なのだという。

「だって虫歯なんて、よっぽど進行しない限り本人にはわからないでしょ？　なのにある日突然この歯は悪くなってます、なんて言われてがりがり削られたらどう思う？」

大人なら説明できることでも、子供には通じない。

「だって痛くなかったもん！　とか言い返されると、ちょっと悲しかったなあ」

しかも質《たち》の悪いことに、そこそこ進行している虫歯では、患部を空気に触れさせることで一時的に細菌の動きが活発になることがある。つまり、治療のため削ることで、逆に歯痛が起きるケースもあるのだ。

「削るの我慢したのに、家に帰ったらほっぺたが腫れた。そういう体験って、歯医者嫌いに拍車をかけるのよねえ」

どんなに気をつかっても、歯医者さんを嫌いになる子はいる。そう、この私のように。

「……やっぱり、克服しなくちゃね」

ようやくファイルを見つけだした私は、誰に聞かせるでもなくぽつりとつぶやいた。だって、私はここで皆のそうした努力を日々目にしているのだから。

とはいえ邪魔になってもいけないので、ドアを開ける前には一応診察室の様子をうかがった。するとそこには、お客様に向かって手を伸ばす四谷さんの姿が見える。良かった。私はほっと胸をなで下ろす。歯科技工士の四谷さんなら、「痛い」治療は行わないから背後を通るのも気が楽だ。部屋を出た私は、再び壁際をそっと歩き出す。そのとき、静かな室内にドリルのモーター音が切り込んできた。

(えっ？　削ったりするのってお医者さんだけじゃないの？)

驚きのあまり、私は音源に向かって目線を動かす。しかし意外なことに、当のお客様は口を閉じていた。そしてその横で、四谷さんが小さな物を手の中で削っているのが見える。そして削り終えたそれに、今度は磨きをかける。さらに液体で洗い、風で乾かした後でようやく彼はそれを口の中に運んだ。

その流れるような動きに、私の目は惹きつけられた。この細くて長い指は、なんてこまやかに舞うんだろう。思わず足を止め、見入ってしまう。

「ゆっくり、噛んでみて下さい。それでもしほんの少しでも違和感があったら言って下さい。あとで馴染んで来る、なんて考えなくていいですからね」

こくりと年輩のお客様がうなずく。

「金のような柔らかい素材だったら、あとで馴染むということもあり得ます。けれど今回は硬質の素材です。その場合、馴染むのは歯ではなく、あなたの身体の方ですから」

「どういうことかい」

「つまり、今までとは違う感触の噛み合わせを納得させるべく、顎や全身の方が歯にあわせてしまうんですよ」

人間の身体は器用なもので、バランスの悪い部分が出てくると、なんとかしてそれを元通りにしようとする。

「しかしその負担は、ときとして身体のストレスになります。だからできるだけ自然な噛み合わせに近づけることが、大切だと思うんです」

四谷さんの言葉を聞きながら、お客様は数回顎をもぐもぐと動かした。そしてかちかちと噛む。

「うーん、やっぱりほんの少し、違うかな。左が浮いてるような感じがする」

「わかりました。では外しますよ」

声とともに、四谷さんの指がすっと口元にのばされた。上顎にはめ込まれた物を取るため、ピンセットのような器具が差し込まれる。指が添えられているのは、ひやりとした金属が唇にあたらないようにとの気づかいだろう。素早く、けれど確実な動きで小さな冠を取り出した四谷さんは、再びモーターのスイッチを入れて歯を削り始めた。

そんな彼の姿を見て、私は思わず心の中でつぶやく。

（……この指なら、怖くないかも）

誓って言うけど、こんなことを思ったのは人生で初めてだった。

＊

「咲子さん、お客様」

四谷さんに肩を叩かれて、私はびくりと我に返った。ドアの開く気配も感じなかったなんて、ぼんやりしすぎだ。

「あ、い、いらっしゃいませ」

慌てて立ち上がり、頭を下げる。予約の画面と照らし合わせながら、お名前の確認。

「辻堂由加利《つじどうゆかり》様ですね」

「ええ」

カウンターの前に立った短い髪の女性は、上質な麻のスーツを身につけていた。鞄はブランド物で、それが嫌みにならない感じで似合っている。そして彼女は、私の隣に目をやるとふっと微笑んだ。

「あら四谷くん」

「こんにちは。今日は定期検診ですね」

「ええ。だからインレーもクラウンもなし。あなたの腕が見られないのは残念だけど」

私にはわからない単語。けれどそれはどうやら歯科専門用語らしい。その証拠に、四谷さんはにやりと笑ってこう言った。

「残念、ではないですよ。お客様が健康ならそれが一番」

「ふふ。教科書通りの回答だわね」

彼女につられたように、四谷さんもにっこりと笑う。なに、この親密さは。そして彼女はなぜ歯科用語に詳しいんだろう。私は慌ててカルテを細かく読んだ。辻堂さんは四十二歳、近くの会社に勤めている。この雰囲気からすると、役職にでもついていそうだ。ちなみに来院歴は長い。もう五年来のお客様で、定期的に検診を受けている。お馴染みさんなのはわかるけど、だからといって専門用語まで使うだろうか。謎だ。

「あの、辻堂様」

四谷さんが診察室に去ってから、私は声をかけた。経済誌を広げていた彼女は、ふと顔を上げて私を見る。

「あなた、初めて会うわ。新しい人？」

「はい。臨時のアルバイトですけど」

「そう。臨時って、期間はどれくらい？」

「あの、夏休みの間です」

こちらが質問するつもりだったのに、矢継ぎ早にたずねられると調子が狂う。

「夏休み、ということは学生？」

「はい」

「歯科関連の学校とか？」

「いえ。一般の大学ですけど」

なんだか、先生に叱られているような気分になってきた。別に責められているわけではないのだけど、追及されると弱腰になってしまう。

「じゃあ、本当にただのアルバイトなのね」

「はい……」

それを最後に、辻堂さんは視線を雑誌に戻してしまった。耳のピアスが、会話を拒むように金色の光で私の目を射る。

以前の私だったら、ここで口をつぐんでしまっていただろう。でも、私にはもう時間がない。そんな思いから、私は意を決してもう一度声をかける。

「あの、辻堂様はこちらに通われて長いんですよね」

「え？　ああ、そうよ。それがなにか？」

あからさまに気分を害したような声。でもなんとか会話を続けたい。

「ということは、会社もずっと同じなんですよね」

「そうよ」

「じゃあこの辺りにはお詳しいですよね。もしおすすめのランチスポットがあったら、教えて下さいませんか」

ランチの話をきっかけに、自炊はするのかなど食事の傾向をつかめればいいと思った。けれどそんな考えは、険のある声とともにばっさり切り捨てられる。

「あのねあなた、呑気な女子大生にもほどがあるわよ。こういうの、アルバイト中にお客様にするべき話だと思う？　私が教育係だったら、始末書ものよ」

読んでいた雑誌をぱん、と閉じて辻堂さんは私をにらみつけた。眉間には深い皺が寄っている。

「……すみません」

「聞いたことないわよ。こともあろうに医療関係の待合室で、患者にランチ情報をたずねるアルバイトなんて」

それっきり、会話の糸口は断たれた。

診察室から戻ってきた辻堂さんは、私の方には目もくれず葛西さんと話していた。お互い月のこの時期は面倒よね、と言っているところをみると彼女も会計に関する仕事をしているのかもしれない。

声をかけるのに気がひけたけど、これればかりはしようがない。彼女の口内には初期虫歯が発生していたので、来院スケジュールを決めなければいけないのだ。

「あの、次回のご来院についてなんですが」

「ああ、そうね。今はちょうど外の仕事もないし、明日でいいわ。何時が空いてるの」

くるりとふり返った彼女は、カウンターに手をかけてぐっと顔を寄せる。ふっと香るのは、大人っぽいスパイシーなトワレ。

「明日は空いていますから、何時でも大丈夫です」

距離の近さに戸惑いながら、私はパソコンのキーを叩いた。

「じゃあここ。十時にしてもらえるかしら」

「かしこまりました。明日十時、お待ちしております」

とにかく丁寧にと頭を下げると、辻堂さんの表情がふわりとゆるむ。

「やればできるじゃない。明日もその感じで頼むわよ」

そう言って会計を済ませると、ヒールの音を高らかに響かせながらクリニックを後にした。

(カッコいい、かも)

姉御肌というのか、緩急を心得ているというのか、とにかく「してやられた」という感じがする。叱られた後の笑顔って、なんだかすごくあざやかな印象を与えるものだ。

（きっと、部下を育てるのが上手な人なんだろうなあ）

彼女の去ったドアをぼんやりと見つめながら、私はこっそり深呼吸をする。格好いいけど、負けないんだから。明日は絶対、もう少し会話を続けてみせる。

＊

駆け込みの男性を最後に、今日のお客様は終わったはずだった。けれど夕暮れも近くなった頃、クリニックのドアが勢いよく開く。

「こんにちはー！」

入ってきたのは、若い女の子。長い黒髪にチビTと膝丈でカットされたジーンズを合わせ、細いヒールのミュールをつっかけている。雰囲気からすると中学生、いや高校生といったところだ。でもどちらにせよ、このクリニックのお客様では見たことのないタイプだ。

「いらっしゃいませ、あの……」

ご用件は、とたずねる私の横を彼女は素早くすり抜ける。

「あっ、お客様！」

勝手に診察室に入られては困る。私はとっさに彼女の手首を掴んだ。すると彼女はじろりと私をにらむ。つんととがった顎と、まっすぐな鼻筋が印象的な可愛い子だ。

「なに、あんた」

そう言いたいのはこっちの方よ、と心の中でつぶやく。

「その、いきなり診察室に入られては……」

「あたしはいいの」

「え？」

「うるさいなあ。こんな人、今までいなかったのに」

勢いよく私の手を振り払うと、彼女は診察室の扉を開けた。

「たっくん！　いないのー？　それとも知花《ちか》なんか忘れて、DFFの金儲け歯医者になっちゃったのかなー？」

たっくん？　それにDFFって何？　戸惑う私を尻目に、彼女はずんずん奥へと進んでゆく。その途中で、診察室にいた唯史おじさんの声がした。

「やあ、知花ちゃん」

お客様、というよりは知り合いの反応だ。ということはもしかしておじさんが「たっくん」？

「元気してたー？　あ、けんちゃんじゃん。相変わらず若白髪だね」

「違うって、これは」

「印象材を削った粉、でしょ。マスクつけずにタービン動かすからだよ」

「まったく、門前のなんとやらだな」

苦笑したような四谷さんの声も聞こえる。でもちょっと待って。この子、今四谷さんのことを「けんちゃん」って呼んだよね。一体何者？

「で、今日は何の用？」

「ん。おじいちゃんに届け物。いる？」

そこまで聞いた私は、ようやく合点がいった。このクリニックのスタッフは、皆若い。その中で「おじいちゃん」と呼ばれても不思議じゃないのは、ただ一人。

「おう、知花か。よく来たな」

落ち着いた声が奥から響いてくる。それは言わずと知れた品川デンタルクリニック院長、品川知之氏の声だった。

「孫娘の品川知花だ。こちらは受付のアルバイトをしてくれている叶咲子くん。叶先生の姪御さんだよ」

「初めまして、叶です」

ぺこりと頭を下げる私を、知花ちゃんはちろりとねめつけるように見る。なんだか、感じが悪い。

「ふうん。で、あんたも歯医者さんを目指してるわけ」

いきなり辻堂さんと同じような質問をぶつけられて、私は戸惑った。

「いえ、そういうわけでは」

「じゃあ、ホントにただの夏休みバイトってこと？」

疑うような目線。辻堂さんといい知花ちゃんといい、何故そこに固執するのだろうか。同じ質問をくり返されると、なんだかただの大学生であることが悪いかのように思えてくるのだけど。

「……そうですけど」

なにか問題でも？　そう口に出してしまいそうな自分を、必死で抑えた。だって本当に、なんでこんな詰問口調で聞かれるのかわからない。

「ただのアルバイトね。ふうん」

それきり彼女は私から興味を失ったように、他のスタッフとお喋りをはじめた。彼女はずいぶんと昔から皆と顔見知りだったようで、葛西さんや歌子さんとも気後れすることなく笑い合っている。見ると、いつもだったらこんなとき声をかけてくれる中野さんや春日さんまでもが、嬉しそうに輪に加わっていた。

話に入れないまま、私は一人ぽつねんと佇《たたず》んでいる。私だけが蚊帳《かや》の外で、つまりは私の方が部外者なのだ。

「やっだなあ、けんちゃん」

笑いながら知花ちゃんが四谷さんの腕を取る。ちょっと、べたべたしすぎなんじゃないだろうか。しかもそのまま彼女は、彼の腕にぶら下がるようにして、隣の唯史おじさんにも手を伸ばした。

（……なんか、やだ）

もしかしたら、彼女は小さい頃から皆と知り合いなのかもしれない。それならそれで、理解できる状況ではあるのだけど、でも、その、どうしてもなんだか私は気分が悪い。

胸の辺りがむかむかして、早く帰りたくなってきた。この気持ち悪さは、きっと風邪だ。この間みたいに菌がおなかに来たに違いない。でも今日は、四谷さんと帰りにお茶する約束をしていたんだけど。

あの映画の日以来、四谷さんと私は何回か一緒に帰ったり、ご飯を食べたりしている。どちらからともなく、なんとなくという形ではあったけど、多分あれはデートだったんだと思う。

四谷さんと出かけるのは、楽しかった。なぜなら、四谷さんは私を絶対せかさないし、追いつめないから。全てにおいてペースの遅い私は、急に質問されたりすると慌ててしまってどうしようもなくなるのだけど、そんな私を四谷さんはゆっくりと待っていてくれる。

「で、咲子さんはどう思う？」

カフェのテーブルで、和食屋さんのカウンターで、四谷さんはよくあの長い指を組んでいた。私は質問の答えを考えながら、密かにその指に見とれていた。箸を操る四谷さんの指。海老の殻を剥《む》く四谷さんの指。それはいつか、優しく触れられてみたい、指。

(わあ！　ちがうちがう！　そういうんじゃなくて！)

そこまで考えたところで、私は慌てて想像を止めた。頬が赤くなったのを、誰かに気づかれなかっただろうか。ちらりと皆の方を見ると、四谷さんがすまなそうな顔をして片手を上げる。携帯電話を持っているのは、あとで電話かメールするよという意味だろうか。

「ね！　たっくんとけんちゃん、後でおじいちゃんと一緒にごはん食べに行こうよ」

「僕は用事があるから遅れていくけど、それでもいいかな」

「いいよ！　おじいちゃんとたっくんと待ってるから」

知花ちゃんが四谷さんと唯史おじさんの間で、そんなことを言っているのが聞こえた。ちょっと、ショックだった。

帰り支度をしながら、私は小さなため息をつく。そんな私の背中を、成瀬先生が軽く叩いた。

「気にしない気にしない。あの子はここのお姫様だから」

「お姫様、ですか」

「そう。小さい頃からここに通ってたから、みんなに可愛がられてるのさ」

ちなみに俺は後から入ったから、ご機嫌うかがいする必要はないんだ。そう言って成瀬先生はクリニックを後にした。なんでも、今日は外せないデートがあるのだそうだ。

（いいな……外せない相手って）

そんな風に言われたら、幸せだろうな。私がパソコンの電源を落とそうとすると、葛西さんから待ったの声がかかった。

「咲子さん、今日はそのままでいいわ。ちょっと残業で使うから」

「わかりました。じゃあこれで失礼します。お疲れさまでした」

「お疲れさま」

私はエアコン対策のカーディガンと、小ぶりのバッグを持ってエレベーターに乗り込む。さて、どうしよう。四谷さんは連絡するという素振りをしていたけど、後で会える保証はない。いっそまっすぐ家に帰ってしまおうか。そんな思いでとぼとぼと駅への道を歩いていると、書店の看板が目に入った。

「久しぶりに、マンガでも買っちゃおうかな」

わざとらしく声を出してから、中に入った。コーヒーの香りが漂っているのは、流行りのカフェ併設方式だからだろう。私はあちこちの棚を眺めながら、ゆっくりと歩いた。比較的大きなお店のせいか、専門書のコーナーも充実している。私は小説とマンガのコーナーを何度も行き来してから、気持ちよく笑えそうなマンガを一冊選んで買った。カフェで読むときに恥ずかしくないよう、カバーまでかけてもらって。

小さなクッキーを二枚つまんで、冷たいカフェオレを飲むともうすることがなくなってしまった。マンガは面白かったけれど、やっぱり時間を潰すには不向きだったかも。でも、笑ったおかげで気持ちはちょっと明るくなった。

(うじうじ待ってても意味がないし、帰ろうかな)

鳴らない携帯電話の画面をぱちんと閉じて、私は深呼吸をする。気にしない、気にしないっていうかそもそも、私が落ち込む必要なんてどこにもないはずじゃない？　だって、私と四谷さんはまだ彼氏彼女なわけでもないし。

(それに知花ちゃんが四谷さんに甘えるのだって、小さい頃から知っているなら、当然かも。彼を家族のように思っているのかもしれないし)

しかしこの、なんとも言えないじめっとした気分はなんなんだろう。前向きな言葉をいくら自分に言い聞かせても、感情が斜めに滑り落ちていくような気がする。困った私は、ふとヒロちゃんのことを思い出した。じめじめうじうじしたことが苦手で、いつもきっぱりと自分の進みたい方向を見つめているヒロちゃん。こんなときは、その眩《まぶ》しさにすがりたいと思う。

「ちょっとサキ、一人でじっと考えてたって、事態は前にも後ろにも進まないんだよ」

頭の中のヒロちゃんが、腰に手を当ててそう言った。うん、ごもっともです。ようやく気持ちを切り替えた私は、椅子から立ち上がる。するとそのとき、窓の向こうに四谷さんの姿が見えた。

「あ」

伸び上がってそちらを向いた瞬間、私は中腰のまま凍りついたように動けなくなった。四谷さんが、知花ちゃんと二人きりで歩いている。院長や唯史おじさんも一緒のはずなのに、これは一体どういうことだろう。

(でも、帰る方向が同じで送っているだけかも)

冷静になろうとつとめてみても、胸の動悸はどんどん激しくなる。そうするつもりなどないのに、いつしか私はカフェのトレイを返却し、通りへと足を踏み出していた。九月も近い夏の夜は、まだほのかに昼間の熱が残っている。アスファルトにミュールの音が響かないよう、私はそっと歩いた。見ると、二人は十メートルほど前を歩いている。大丈夫、この先は地下鉄の入り口だもの。自分に言い聞かせるように、階段へ向かって私も足を進めた。

しかし四谷さんは、入り口の直前で知花ちゃんの腕を引いた。首をかしげる彼女を、四谷さんは街路脇のビルまで連れて行く。明るくライトアップされたショーウインドウの前で、二人は何か言い争っていた。まるで、痴話喧嘩のように。

見たくないのに、目が離せなかった。

四谷さんに壁際へ追い込まれたまま、知花ちゃんはいやいやをするように首をふっている。その華奢《きゃしゃ》な顎を、四谷さんの細くて長い指があっけなく捕らえた。すると知花ちゃんも、それ以上の抵抗はせずおとなしく目をふせる。四谷さんはそんな彼女の顔に、自分の顔を近づけた。小柄な彼女に四谷さんの身体が重なり、二人は一つの影になる。

見ていられるわけなど、なかった。

私は踵を返して、一目散にもと来た道を走り出す。

＊

どうしていいのか、わからなかった。見たまますべてを信じる気持ちと、信じたくない気持ちが身体の中を激しく駆けめぐっている。

（どうしよう、私、おかしいよ？）

そもそも、なんで私はここまで動揺する必要があるのか。四谷さんは彼氏じゃないし、告白されたわけでもないんだから、彼が誰とキスしようが自由なはず。

（わかんない。ヒロちゃん、これってなに？）

走りながら、いつしか私は携帯電話を握りしめていた。

(ヒロちゃん、どうしよう、ヒロちゃん)

一心にヒロちゃんのことを思っても、嵐は一向におさまらない。頬が熱くて、喉の奥から何かがせり上がってくる。

(違う。涙なんか出ない。出す必要がないもの!)

自分に言い聞かせるように、ぐっと熱い呼吸を呑み込んだ。そして伏せていた顔を上げると、皮肉なことに私はまたさっきの書店の入り口にたどり着いている。

(時間を潰さないと、またあの二人に会っちゃうかな)

私の帰り道も同じ地下鉄だから、避けるためには時間差が必要だ。かっと熱くなった頭のどこかで、冷静に考えている自分がいた。けれど今はそれどころじゃない。早く化粧室に入りたくてたまらない。

(だってきっと、ひどい顔してるもの)

そうして駆け込んだ個室の中で、私は一人大きな息をついた。とにかく考えなきゃ。ねえ、一体私はどうしたいんだと思う?

四谷さんと私はつきあっているわけじゃない。けど、私たちは何回か二人きりで出かけている。そして多分、四谷さんは私のことを嫌いじゃない。ていうか、アルバイトの子という立場以上には見てくれている気がする。これは、今までに何度となくたどり着いた答えだ。でも今は、その先に踏み込む必要があった。

不快で、不安な感情。その名前を私は知っている。けれど幸いなことに、今まで「それ」と深く向き合うことなく私は人生を送ってきた。なぜなら、私はいつでも受け身だったから。

誰かに求められるままつきあうということは、自分の中のどろどろとした部分を見ずにすませる良い手段だったのかもしれない。洗面台の鏡に映る自分を見つめながら、私はぎゅっと唇を噛みしめる。

おっとりしたお嬢さんタイプ、と言われて育った。実際、自分でもそう思っていた。けれど今の私は違う。意味もなく、腹が立ってしようがない。今日初めて会った知花ちゃんのことが、憎たらしく思えてしようがない。わけのわからない理由で、ビルの壁を蹴っとばしたい。口惜しい。なんだろう。でも止まらない。

そのとき、携帯電話がメールの着信音を軽やかに奏でた。画面を開くと、四谷さんからの言葉が並んでいる。

『今日は約束を破ってしまったから、明日の夜に埋め合わせをさせてくれますか。ちょっとだけ豪華なディナーとか』

跳び上がりたいほど嬉しい気持ちと、そうはさせるかという意固地な気持ちが再び身体の中で渦を巻いた。今なら私、演歌の心を完璧に理解できる気がする。

そして私は、四谷さんの指が。いや、四谷さんのことが。

好きなのかも、しれない。

私のママは、怒ると凄い勢いで掃除をはじめる。物を壊したいという気持ちを上手に転化させると、気分が上向きになった頃には部屋も綺麗になっていて一挙両得なのだそうだ。とはいえ勢いがよすぎてお皿を割るところを、私は何度も目撃している。もしかしたらわざとかな、と思わないでもないけれど。

ちなみに私は、そのパッションが勉学に向かう質だ。とにかく何かを勉強していると、嫌なことが頭から押し出されていくようですっとする。結果、ちょっと賢くなって一挙両得、というところはママ似なのかもしれない。

「サキ、何かあったのかい」

書店の包みを抱えて帰宅すると、リビングにいたパパが敏感に察した。

「うん、でも大丈夫。今夜はみっちりこの本と向き合うから」

心配してくれるのは嬉しいけど、この気持ちばかりは誰かにどうかしてもらえるものでもない。私はまっすぐ自分の部屋へと向かい、高価な本をばさりと広げた。勉強したことのないジャンルの本だから、とりあえず序文から丁寧に読んでいく。こういうときの勉強は、恐ろしく頭に入るものだ。

夜半、一息ついたところでヒロちゃんに電話しようかどうしようか悩んだ。携帯電話を片手に、窓を開ける。すっと吹いてくる風はもう、秋の涼しげな気配を孕《はら》んでいた。それは、何かが確実に終わる予感。夏の騒がしさを背後に置き去りにしてきたような寂しさ。けれどなぜかしら、火照《ほて》りを冷ますようなすがすがしさもある。

(ヒロちゃん、私一人で乗り切れるよう、祈っててね)

私は大きくのびをすると、再び机に向かった。

*

翌日は、軽い徹夜のせいか妙に気分が高揚していた。頭の中は新しい知識でぱんぱんに満たされ、今なら専門学校を受験しても受かるような気がする。

「こんにちは」

辻堂さんが来たときも、私は覚えたての知識を反芻していた。

「いらっしゃいませ。本日は初期虫歯の治療ですね」

「そうよ。でも前歯なのがちょっと憂鬱だわね」

ソファに腰を下ろし、経済誌を開いた彼女に私は笑いかける。

「大丈夫ですよ。うちの先生は見た目にもこだわりますから。間違ってもパラジウムなんて使いません」

おや、という顔で辻堂さんが私を見た。

「じゃあ、あなたは何が適していると思う？」

「そうですね。お値段で選ぶなら硬質レジンなんでしょうが、最終的にはセラミックだと思います」

その言葉を聞いた辻堂さんは、ふっと口元をゆるめる。

「頑張ったわね。勉強したの？」

「はい。でも怖がりなもので、症例の写真が載っている本はきつかったです」

「ああ、痛そうだものね。あれ」

高価な歯科治療の専門書には、複雑な治療の場合、もれなくカラー写真がついていた。真っ赤にただれた口内や黒ずんだ歯茎を見つめるのが怖くて、私は数ページの割合で内容をとばし読みした。

アルバイトもあと一週間弱。今さら歯科について勉強したって、遅いとは思った。けれど、私はようやく気づいたのだ。

「アルバイトだからって、何も知らないで通すのは良くないですよね」

勉強する時間はいくらでもあった。でも私は「怖い」というだけで、歯科治療に関しては見て見ぬふりをしてきた。

「そうね。でもそのことに自分で気づいたのは評価できるわよ」

辻堂さんは手帳を開いて、何かを書きつけながら続ける。

「私はね、どんな仕事でもプロフェッショナルが好きなの。自分のやっていることをきちんと把握して、なすべきことをしている人がね」

「プロフェッショナル、ですか」

「そう。たとえあなたのようにアルバイトという立場でも、仕事をまっとうしようと思ったら、やるべきことや覚えるべきことはたくさんあるでしょう。例えば私が歯が痛くて不安だったら、まずはあなたに話しかけて治療内容をたずねたりするかも知れないし」

辻堂さんの言葉に、私は深くうなずいた。だって実際そうなのだ。歯科の治療を理解しないままでお客様に質問をしても、二枚目のカルテはあまり充実しない。けれどももし私に適切な知識があったなら、会話はもっとスムーズに交わされていたはず。

「そこで辻堂様に質問があるのですが」

知識は必要。でも、その人を見ることも忘れちゃいけない。

「あら、何？」

「実は私、お客様の診療に役立てるよう、それぞれのお客様の生活習慣などをおうかがいしているんです」

多分、辻堂さんはこそこそと探られるのなんて好きじゃない。だったらいっそ正面からたずねていった方が受け入れてもらえるはず。そう考えた私は、彼女に「二枚目のカルテ」の内容を説明した。

「なるほど。院長もなかなかやるじゃない。あなたみたいな女の子に話しかけられても、ほとんどの人はそれをただの雑談だと思うものね」

「雑談、ですか……」

やはり、あまり重要だとは思われていなかったらしい。軽く落ち込む私に、辻堂さんは笑いかける。

「違う違う、ほめてるのよ。だって雑談だと思うからこそ、人はリラックスして本当のことを話すんでしょう」

「あ……」

「私みたいにお堅いタイプは別としてね」

辻堂さんはこつこつ、とテーブルを軽く叩いた。綺麗に塗られた爪は、ほどよい長さに整えられている。

「さて、じゃあ私は何を話そうかしらね。結構長く通ってるから、カルテ的には充実してると思うんだけど」

「さっき、不安だったら治療内容を知りたいとおっしゃってましたよね」

「あ、そうそう。これは私の癖かもしれないんだけど。私はね、自分に起こることを知っておきたいのよ。だって、知らないと怖いじゃない？」

「そう、なんですか？」

知らないと怖い、というのは意外だった。私はできることなら知りたくない、と思ってしまうから。だってこれから歯を削られます、神経を薬で殺して抜きます、なんてことを考えたら逃げ出したくなってしまうでしょう？　私がそう告白すると、彼女はボールペンをかちりと置いて顔を上げた。

「だってあなた、想像より怖い現実なんて、そうそうあったもんじゃないわよ」

「え？　だって……」

「そりゃあね、歯痛だと思ってたら舌癌だったとか、手術してみたら手遅れだったとか、最悪なパターンがないわけじゃないわ。けど、そんな現実だって知ることによって少しはましになる場合があると思うの。手遅れです、と言われてただ泣くよりも、私はあとどれくらい元気で動くことができるのかを知りたいと思うわけ」

おばけって、正体がわからないから怖いって言うでしょ？　辻堂さんは、手を「うらめしや」の形にして見せる。その仕草がちょっと可愛くて、私も笑った。

「小さい頃ね、私にとってお医者さんは恐怖の場所だったわ。行くたびに痛くて不快なことをされる、わけのわからない場所。でも成長して、何のためにそういうことをしているのか知ったとき、お医者さんが怖くなくなったの」

しかも極端なタイプだから、それ以来医者にかかる必要があるときは、自分でものすごく調べちゃうようになってね。そう言って辻堂さんは肩をすくめた。

「だから歯科治療について、あんなにお詳しかったんですね」

「怪しかったでしょ？　でもね、ここはそういった意味でも本当にいいクリニックだと思うわ。だって世の中には、患者が治療に詳しいことを嫌う医者もいるんですもの」

「詳しいことを嫌う？　うちの先生たちは、お客様にも色々知ってほしいって始終言ってますけど」

それに歌子さんをはじめとする歯科衛生士さんたちも、正しい知識を持ってほしいとよくぼやいている。歯槽膿漏など、生活習慣に左右されるものは特にそうなのだと。

「病を知っていてくれれば、生活の中で気をつけられることもある。ここの皆さんはそういう意識で取り組んでいるけど、ひどい医者になると『自分の治療に意見されるのは嫌だ』とか『わかった風なことを素人が言うな』という態度になるのよ」

「そんな……」

「まあ今ではドクター・ハラスメントっていう言葉も浸透したし、私もそんなことくらいじゃやめげないからいいんだけど」

辻堂さんはふっと息をついて私を見つめる。

「色々、勉強なさい。そして私みたいに不安な人がいたら、なにか言葉をかけてあげられるようになって」

はい、と私は深くうなずく。そして何か言おうと口を開いた瞬間、診察室から辻堂さんを呼ぶ声がした。

大学に通っていて、いつも漠然と感じていたことがある。それは「なんのために勉強しているんだろう」、「これはなんの役に立つんだろう」ということ。何かを学ぶということは、いや、学ぶことができるというのは幸せなのかもしれない。けどこの先、古文のゼミや国語の歴史が何の役に立つのかなと思う気持ちも否定できない。それは就職活動への不安と相まって、たびたび心を波立たせた。

（私は将来、どういう仕事をしたいんだろう）

にっこりと笑って去っていった辻堂さんの残り香に包まれて、私は考える。特に希望の職種もなかった私は、優しい人の多い職場ならどこでもいいと思っていた。いつも受け身で、受け身の心地よさにとっぷりと浸かっていた私。でもそんな人生にも、選択をせまられる時期は必ずやってくる。

来年、そしてさ来年の夏、私は一体どんな仕事を目指しているのだろう。

*

お昼休みになって、私は初めてまともに四谷さんの顔を見た。私が昨夜のことを目撃していたことなど知らない四谷さんは、いつもと同じ表情でお素麺《そうめん》を口に運んでいる。

「おいしいわねー、叶先生お休みだから悔しがるかしら」

「でももう一回分くらい、食材はありますよ」

「そう、またやればいいさ」

私が答える隣で、院長がガラスの器に箸をのばした。今日はお中元処分市、ということでテーブルには高級そうなハムやカニ缶などが所狭しと並べられている。

「しかも食後にはメロンが冷えてますからね」

春日さんが明るい声で告げると、成瀬先生が目を輝かせた。

「メロン！　いくつになっても食後のメロンは嬉しいよねえ。自分で買えないわけじゃないのに、いただきものだとどうしてこんなにわくわくするんだろうね？」

「ていうか成瀬先生、その素麺豪華すぎますよ」

冷静な四谷さんの指摘で、皆が彼の蕎麦猪口《そばちょこ》を見つめた。

「カニに雲丹《うに》にイクラ……」

中野さんが小さな声でつぶやく。

「飛びっ子も入れてますね」

とは葛西さん。

「しかも隣の小皿には、うざくと茗荷《みょうが》がスタンバイ中か」

院長のしみじみとした声に、私もうなずいた。

「ハモもキープされてますよ」

全員のちろりとした視線に耐えきれなくなった成瀬先生は、ついに音《ね》を上げる。

「べ、別にいいじゃないか！　だってこれは消費しないといけないものなんだから！」

「それは確かに、間違ってません。けど」

きっぱりと通る歌子さんの声。

「けど、なに」

「贅沢《ぜいたく》の三段重ねができる臆面の無さが羨《うらや》ましくて、嫉妬してみただけですわ！」

言い終わるなり、歌子さんはクール便で来た雲丹の箱に大きなスプーンを突っ込んだ。そしてあろうことか、薬味の海苔《のり》の上にぽとりと落とす。

「シャリのない軍艦巻きって、やってみたかったのよねえ」

その行動を皮切りに、テーブルの上はおおわらわになった。シャリのない軍艦巻きのイクラを作る人がいれば、アワビの酒蒸しに雲丹を載っける人もいる。私はと言えば、こっそりとフォアグラのパテに手を伸ばし、茗荷と紫蘇《しそ》を載せた後でちらりと醤油をたらした。うん、白い小皿に盛り上げた薬味が映えてなかなか綺麗。

「おーい、サキちゃんが一人でフランス料理みたいなの作ってるよ」

成瀬先生に目ざとく見つけられ、私は思わず箸が止まった。

「おいしそうだな。ひとつ私にも作ってくれたまえ」

回ってきた院長の小皿に、私は同じものを盛りつける。

「咲子さん、よかったら俺にも作ってくれる？」

心臓が、軽く跳ねた。四谷さんに手渡す小皿には、ものすごく綺麗に盛りつけてあげたい。でもそれと同じくらいの気持ちで、ぐちゃぐちゃに失敗したのをあげたいと思う。

結果、気の弱い私は無難な盛りつけに逃げた。

「うん、おいしい。夏場には濃いフォアグラがあっさり食べられていいね」

笑顔で料理を頬張る四谷さんを見ると、肩の力がふっと抜ける。細く切られた紫蘇を丁寧に拾う箸使いが今日も綺麗だ。

（ぐちゃぐちゃにしなくて、よかった）

ものすごくゴージャスな猫まんま。皆の手元を眺めているとそんな言葉が頭に浮かぶ。湯葉入りのちりめん山椒を錦糸卵にまぶして食べる葛西さん。その隣では春日さんがスモークサーモンでお素麺を巻いている。家では「お行儀が悪い」と叱られそうな行動が妙に楽しくて、新たなメニューの開発に全員が熱意を燃やしていた。

そのとき、インターフォンの音が聞こえた。お昼休みはドアに鍵をかけてしまうため、そういった措置がとられているのだ。

「私、出ます」

入り口に近いところに座っていた私は、立ち上がってドアへと向かった。

「どちら様でしょうか」

「品川知花。開けてよ」

インターフォンを取るまでもなく、きんきんとした声がガラス戸の向こうから聞こえてくる。

(昨日の今日で、また?)

少し上向いていた気分が、また一気に谷底へと突き落とされた。できれば居留守を使いたいぐらいだけど、しようがないのでゆっくりと鍵を開ける。

「早くしてよ」

じれるような声が、耳障りだった。しかも知花ちゃんはドアが開いた途端、強盗もかくやという素早さで内側に滑りこんでくる。今日は黒いカットソーに腰穿きのデニム、それに小ぶりなシルバーのピアスというシックな出で立ちだ。細い紐のミュールも、大人っぽさを強調している。

知花ちゃんがまた「けんちゃん」と叫び出すのをぼんやりと待っていると、彼女はいきなり私の顔をのぞき込んできた。

「……えっ?」

驚きのあまり目を白黒させていると、ふいと顔を反らせる。

「やっぱり、あってるじゃん」

絞り出したような低い声で、知花ちゃんはつぶやいた。一体、何があってるんだろう。

「けんちゃんの嘘つき」

うつむいたまま、彼女は私の横を通り過ぎた。

「けんちゃん! ちょっと来て!」

今度こそ大きな声とともに、ずかずかと奥へ向かう。その声に応えるように、四谷さんが姿を現した。

「やあ知花ちゃん。今ちょうどお昼を食べてたんだよ。素麺だけど、よかったら食べてく?」

そんなこと言わなくていいのに。意地悪な私が、心の中で騒ぐ。けれど彼女は首を横に振った。

「いい。それより見て」

見てって、何を? 大人っぽいファッションのこと?

「あたし、可愛い?」

（……えぇー？）

一体全体、何を言い出すんだろう。ていうか、もしこの二人がつきあっていたとしても、私という他人がいる前で聞くこと？　呆気にとられた私が見つめる中、信じられないことに四谷さんはこくりとうなずいた。

「ああ、可愛いよ」

なんで私は、こんなところでこんな会話を聞いてなきゃいけないのかな。昨夜ほどではないにせよ、嫌な気持ちがぐんぐんせり上がってくる。しかし知花ちゃんはそれを聞くと軽くうなずき、くるりと踵を返して出ていった。

「あの……」

何をたずねるべきかもわからず、私は四谷さんを見上げる。すると四谷さんはしごく真面目な顔でこう言った。

「今夜、説明するよ。なんだったら咲子さん、それまでに推理してみる？　知花ちゃんは何故この俺に質問したのか」

好きだからじゃないんですか。そう言いたいのをぐっとこらえて私はうなずいた。考えてみることに、異存はないのだから。

＊

勤務時間が終わりに近づくまでの間、私は何回か皆を驚かせた。それというのも、一夜漬けで詰め込んだ私の歯科知識はまだ辻堂さん相手にしか使われていなかったから。

「サキさん、このカルテを入力して下さい」

葛西さんに渡された書類を見ると、そこには追記事項として「バイトワックスの感触が苦手で、えずきを訴えることも」と書いてあった。それを見て私はくすりと笑う。

「あら、内容がわかるんですか」

そうたずねられて、私は答えた。

「わかりますよ。バイトワックスって、歯型を取るときに噛むぬちゃっとしたもののことでしょう？　このお客様、年齢は五十八歳です。立派な大人なのに、あれが苦手だなんてなんだか可愛いと思って」

眼鏡の縁を指で持ち上げた葛西さんは、私に向き直って言う。

「詳しくなりましたね。せっかくだからここに就職してもらいたいくらい」

「え……」

「医療事務の資格を取れば、即採用ですよ」

葛西さんは、私の答えを待たずにパソコンの画面に視線を戻した。

った選択肢だ。

就職といえば企業、というイメージに捕らわれていた私にとって、それは考えてもみなかった選択肢だ。

（ここに就職……）

「そうなったらすごく、楽しいかも」

今日のお昼を思い出しながら、私はつぶやく。けれどそれよりも先に、解決しておかねばならない問題が目の前に横たわっていた。

知花ちゃんと四谷さん。今は二人のことを考えてもさほど心は揺れなくなっている。なぜなら多分、あの二人はつきあってはいないから。

（だってそうじゃなきゃ「推理してみる？」なんて聞かないはず）

だとしたらおそらく、知花ちゃんには何らかの歯科的疾患があるのだろう。四谷さんは今まで私に、そんなお客様の謎を教えてくれているのだから。

「あ、そうだ」

疾患、と考えたところで私はあることに気がついた。もしかしてここには、知花ちゃんのカルテも入ってるんじゃないだろうか。慌てて検索をかけると、案の定そこには彼女のファイルがあった。しかし、それを開いた私は首をかしげることになる。なぜならそのカルテにはたったの二行しか情報が書き込まれていなかったから。

る。

『○○歯科大学付属病院、整形外科より転院。以後、当院にて経過観察中』

彼女は、ほぼ半年に一回の割合でこのクリニックを訪れている。それが経過観察ということなのだろうが、定期検診とはどこが違うんだろう。そしてさらに、大学病院にかかっていたという事実。しかも整形外科？　彼女の謎は、このあたりにポイントがあるような気がする。

（経過観察、「あたし、可愛い？」、えっとそれから……）

四谷さんと顔を重ねていた映像を思い出すと、それでもまだ胸がぎゅっと熱くなった。でもあれはきっと、キスなんかじゃないんだ。

（他に思い出すことは……）

彼女は私の顔を見つめて「あってるじゃん」と言った。そして四谷さんのことを「嘘つき」とも。ということは、四谷さんは彼女に私のことを「あっていない」と表現したことにならないだろうか。それって、昨日顔を合わせていたのに否定したということ？　でもなんでそんなことを言う必要があったのだろう。

さらに気になるのは、知花ちゃんが四谷さんに自分のことを「可愛い？」とたずねたことだ。これを言ってしまうと失礼かもしれないけど、かなり好意的な視線の私から見ても、四谷さんがお洒落だとは言い難い。このクリニックでそのことをたずねるならば、まず歌子さんか成瀬先生に向かうべきだろう。

（二人じゃなくて、四谷さんである理由は……顔なじみだから？）

知花ちゃんがなれなれしい呼び方をしていたのは、院長と唯史おじさん、それに四谷さんの三人だった。つまりはその三人が、昔から彼女を知っているということになる。

（その中から選ぶなら、四谷さんだけど）

お年寄りの院長と、クマさんみたいな唯史おじさん。若い女の子として、この二人に意見を求めるのは間違っている。でも、だからといってこんな選択肢の中で決めるのも納得がいかなかった。

（友達とか、いないのかな）

私は知花ちゃんのつんとすました鼻筋と、生意気そうな顎を思い出す。

＊

仕事が終わる時間が近づいても、知花ちゃんの謎は解けなかった。

「お疲れさまです」

「お先でーす」

中野さんや春日さんに会釈をしながら帰り支度をしていると、四谷さんがぽんと肩を叩く。

「行こうか」

はい、と答えながら私は立ち上がった。もしかしたら私は、今夜何かを終わらせてしまうかもしれない。そんな予感に軽く緊張していた。

緊張していたのに、着いたところは串揚げ屋だった。別に串揚げが嫌いなわけじゃないけど、「ちょっと豪華なディナー」って言ってなかった？　一応、席は個室風にくぼんだシートだからデートっぽくもあるけれど。

「さてと」

冷たいおしぼりで手を拭きながら、四谷さんはお品書きを眺める。

「とりあえずお任せコースを一つ頼んで、後は食べたいものをつけ足していこうか。俺は獅子唐と銀杏《ぎんなん》がいいな。咲子さんは？」

「……うずらと明太ポテトでお願いします」

うっすらと汗をかいたビールのグラスを前にして、私は困惑している。なんだか、深刻な話はしづらい雰囲気だ。

「じゃ、乾杯」

かちりとグラスを合わせると、最初の串が運ばれてきた。熱々の海老ベーコン巻きが、上顎を焼く。

「ところで、謎は解けた？」

口の中で海老を転がしながら、私は横に首をふった。冷えたビールで火傷を冷やして、やっと一息。

「本質的な部分はわかりませんけど、知花ちゃんがなんらかの疾患を持っていたこと、そしてそれに関わっていたのが院長をはじめ、唯史おじさんと四谷さんだということはわかりました。つまり彼女の行動には、過去の疾患にまつわる理由があるんじゃないかと」

「なるほど。じゃあその疾患はどんなものだと思う？」

四谷さんの問いに、再び私は首をふる。

「大学病院からの転院ということしか、カルテには書いてありませんでした。でも私が思うに、歯科関連で大学病院にかかるということは、それなりに深刻な症例だったんじゃないでしょうか」

私があの書店で買ってきた本には、深刻な症例が写真入りで掲載されていた。そしてそのほとんどは、大学病院からの提供だと明記されていたのだ。

「うん、よくわかったね。知花ちゃんは、手術を必要としていたから大学病院にかかることになったんだ」

手術。その言葉を聞いてひらめくものがあった。整形外科、手術、不自然なほど通った鼻筋。そして「あたし、可愛い？」。

「もしかして彼女……整形しているんですか？」

驚いたことに、四谷さんはこくりとうなずいた。

（でもちょっと待って！　自分で口にしておいてなんだけど、知花ちゃんが手術したのって、どう考えても小学生のときなんだけど）

小学生の女の子が歯科大で整形手術を受ける理由。それはきっと止むに止まれぬ事情があってのことに違いない。そのとき、私の考えを見透かしたように四谷さんが口を開いた。

「そう。知花ちゃんはね、交通事故にあったせいで大規模な顔面の手術を受けなきゃならなかったんだ」

「交通事故……」

「顎と鼻が砕け、顔の皮膚はずたずた。眼球が無事なのが奇跡なくらいの有様でね」

銀杏を苦々しそうに嚙みしめて、四谷さんは串を引き抜いた。

「一時期、あの子の鼻にはこんな串みたいなものが入ってたよ。大学病院に在籍していた俺は、珍しい手術があるからという理由であの子の部屋に招かれた。そこに、品川院長と叶先生もいたんだ」

＊

病院のベッドに横たわる、小さな身体。包帯でぐるぐる巻きの顔には、何の表情も浮かんでいなかった。

「絶望、という言葉が誰の頭にも浮かんでたよ。でもそのとき、品川院長が俺たちに頭を下げたんだ。あのとき、院長は教授だったからいわゆるお偉いさんだ。そんな人が、何度も頭を下げて言うんだ」

　この子を助けてくれ。幸い臓器などには何の損傷もない。しかしこのままだと、この子はこんな顔を抱えたまま、長い人生を送らなければならないんだ。

「いっそ全身が重篤の状態なら、諦めもしただろう。けど、あの子は顔だけが壊れていたから」

　私は言葉もなく、目の前の串を見つめていた。なんてこと。

「そこで大学の整形外科チームは、あの子の顔を復元するために全力を注いだ。しかし顔面を整えるより先に、歯科チームにはやらなきゃならないことがあった」

「顎の復元、ですね」

「うん。でもやっかいなことに、あの子の場合は自分の骨がもう使い物にならなくなっていた。そこで俺たちは、人工骨を使ってあの子の顎を作ったんだ」

　人工骨にともなう嚙み合わせの問題。それは確かに歯科技工士である四谷さんの力も必要だったのだろう。

「その人工骨には、当時の技術の粋が集められてね。相談の結果、ＥＳ細胞を使うことになったんだ」

　難しい言葉だったけれど、昨夜勉強したての私にはぴんときた。ＥＳ細胞というのは、クローン技術などで使われるものだ。今回の場合ではおそらく、骨組みの中に知花ちゃん自身の細胞が入るよう培養したということだろう。そうすることで、顎の骨はより本人にフィットするようになる。

「ということは、人工歯骨の骨組みだけを作ったんですね」

私が答えると、四谷さんはびっくりした表情で私をまじまじと見た。

「咲子さんって、歯医者嫌いだったよね？」

「そうですけど、知らなきゃいけないこともあるって思ったんです」

私がうずらの卵をつつきながら言うと、四谷さんは何を思ったのか店員さんを呼んだ。

「追加オーダー、お願いします。和牛サーロインステーキ串と、南部地鶏の岩塩串、えーっとそれから自家製ゆるゆる豆腐と、水菜のシャキシャキサラダ。それと……」

「ちょっと四谷さん、いきなりそんな食べきれませんって」

呪文のようにメニューを読み上げる四谷さんを、私はやっとの思いで制す。

「ああ、ごめんごめん。嬉しくなったら、たくさんごちそうしたくなっちゃって」

そう言って笑う四谷さんは、まるで子供のように屈託のない顔をしている。もしかしたらこれって、私が泣いたときにロール綿を山ほど持ってきたときと同じ行動パターンの気がするのだけど。

ほどなくして運ばれてきたサーロインステーキ串は、ともかく熱々のうちに食べるのが鉄則だった。しばし無言で私たちは口を動かした。ほどよい弾力と、肉を噛みちぎる食感がおいしさを倍増している気がした。けれどこの歯がなければ、顎が動かなければ、私たちは食べることも喋ることもできないのだ。

「顎関節を再生し、口内が整うまでほぼ一年。それから顔面の手術に半年。あとは傷跡を消すためのレーザー治療と、嚙み合わせや歯の微調整のため、都合二年ちょっとはあの子につきあったよ」

「だったら、仲良くなるのも当たり前ですね」

「うん。しかもその後院長に今のクリニックへ誘われたから、以後の経過観察は叶先生と俺の役目になったんだ」

おそらく「たっくん」と「けんちゃん」は、知花ちゃんの最もつらい時期を支えてくれた頼もしい人たちなのだろう。そんな二人に彼女がなつき、甘えるのはごく自然なことだと思う。

しかしその後、四谷さんの放った一言で私の動きが止まった。

「複合的な治療の先駆けだったから、あれは多分医学書にも載ったんじゃないかな」

症例の写真に使われそうな大手術。それはまさに、私が痛いとか怖いとか言って目をそむけていた頁《ページ》。そこにまさか、会ったことのある人が載っていたかもしれないなんて。

両手を固く握りしめる私を、四谷さんは不審そうな顔でのぞき込んだ。

「咲子さん、どうしたんだ？　大丈夫かい？」

「大丈夫です。ただ私……なんて失礼だったのかと思って」

症例写真がときどきグロテスクであることは、否めない。ただ私は、その写真に写る人のことなんか考えたこともなかった。こういう写真に写る人々は、知花ちゃんのように痛い思いをして、怪我や病気を克服していたのに。そしてさらに、同じ思いをする人の役に立つようにと、こうして痛々しい部分を見せてくれているのに。

「感謝こそすれ、怖がるべきものじゃなかったのに……！」

自分の浅はかさに嫌気がさして、私はビールを一気にあおる。喉の奥に感じる苦みと炭酸で、目尻に涙がじわりとにじんだ。そんな私に、四谷さんはおしぼりを差し出してくれる。

「そこまで考えてくれると、医療関係者冥利に尽きるね。でも咲子さん、傷ついた身体を見て怖いと思うのは当たり前のことだし、なにより知花ちゃんは今じゃもう普通の女の子だ。だからあんまり気に病むことはないよ」

「……そう言っていただけると、少し安心します」

二杯目は烏龍茶を注文して、私はようやく涙の波をやり過ごした。

「それに俺は、あの子の治療に関わったおかげで、すごくたくさんのことを教わったんだ。ま、それは主に叶先生からなんだけどね」

「唯史おじさんから？」

「そう。叶先生はもともと優しい人だから、知花ちゃんを見て一番ショックを受けたみたいだった。それで自分から担当医を申し出て、ずっと付きっきりであの子を診《み》ていたよ」

それはまるで看護師か家族かというようないきおいでね。苦笑しながら四谷さんは柔らかなお豆腐をすくう。

「最初は俺も、それは行き過ぎじゃないのかって思ったんだ。でもあの子が初めて笑ったとき、叶先生は正しかったんだって理解した」

傷ついた子供に優しくし過ぎるなんてことないよ。唯史おじさんはそう言って笑ったのだという。

「言葉が喋れるようになった頃、俺はあの子から叶先生の話を聞いたよ。たっくん先生の指は、太くてすごく不器用そうに見える。でもその指は、すっごく優しいんだよ、って」

唯史おじさんは、小さな知花ちゃんに対して何度も何度も、嫌というほど話しかけた。ここは痛くない？　顎が疲れた？　おみず飲む？　今日はいい天気だね。鳥が鳴いてるよ。歯磨きしようか。オレンジ味とりんご味、どっちが好きかな？

涙が、今度こそ溢れて止まらなくなった。

「患者と対話して、信頼を得ること。そして痛みや不快感を減らすことに全力を傾けること。叶先生は、俺の理想の歯科医だよ」

それ以来四谷さんは、技工士にありがちな「いつか馴染むよ」とか「成長と共にしっくりくるから」なんて言葉を使わなくなったそうだ。

「叶先生はとにかく『今』にこだわってるよ。今、痛くないか。今夜眠れるのか。そこをきちんと汲んでいるから、うちに来るお客さんは安心した顔で帰ることができるんだ」

思い起こせば唯史おじさんは、ずいぶん前にもそんなことを言っていた。

「サキ、患者さんはもともとどこかが痛かったり不快だったりするから、ここへ来るんだ。そこでさらにつらい目に遭わされたら、不幸の二乗だよね。だからここでは、そのストレスをできるだけ減らしてあげたいと思うんだ」

「僕は『良薬は口に苦し』なんてことわざ、大っ嫌いだからね」

＊

そんな唯史おじさんに向かって、「歯医者なんて嫌い」と言い放った私。悔やんでも、悔やみきれない。ぼろぼろとこぼれ続ける涙で、私はすっかり鼻声になってしまった。

「わたし……唯史おじさんのために何ができるだろう」

何か償いをしたいけれど、一緒にいられる時間はあとわずかだ。そんな私の前に、四谷さんはまたもや山のようなティッシュを積み上げる。

「さ、咲子さんごめん。そんなに悲しませるなんて、その」

四谷さんは慌てふためきながら、鞄からさらにハンカチを取り出して頂上に載せた。そっか、四谷さんって心が揺さぶられるとなんでもたくさん積み上げちゃうんだな。

「だからその、咲子さんにしかできないことがあるから安心してって話だったんだけど」

「え……？」

私にしかできないことって何だろう。山の中から一枚のティッシュを引っ張り出した私は、涙を拭いて四谷さんを見つめた。

「あのさ、つまり謎の答えだよ。なんで知花ちゃんは俺に可愛い？　って聞くかっていう」

それに私がどう関係してくるのか。四谷さんの答えは、あまりにも意外なものだった。


冷たい烏龍茶を口にすることで、私は少し落ち着きを取り戻す。

「さっきも話した通り、あの子の顎の中には人工骨が入ってる。それはほぼ完璧な形で収まってはいるけど、一応半年に一回くらいはずれがないかの検査をするんだ」

「それが経過観察ということなんですね」

「そうそう。けど、年頃になったあの子は自分の顔が歪んでるんじゃないか、左右対称になってないんじゃないかって気になってしょうがない」

「大手術を受けたら、不安になりますよね」

ましてや思春期となったら、まぶたが一重かもしれないということで一晩悩むくらいの時期だ。

「俺が何度、左右のバランスが完璧にとれた人間なんていないって言っても、あの子は不安に駆られるたび見せに来る。それは、何故だと思う？」

そのとき、私の頭の中に知花ちゃんの声が響く。「あってるじゃん。けんちゃんの嘘つき」。あれはきっと、私の顔を左右対称だと思ったから出た言葉に違いない。

何度説得されても、安心できない。それはきっと、そう言って欲しい人からの声ではないから。私は知花ちゃんの気持ちが痛いほどわかった。

「好きな人が、できたんですね」

そう。気持ちがジェットコースターみたいに振りまわされて、何かあるたびに心が揺れる。それは、恋をしているから。

「その相手に会う日、あの子はかならず俺の前に姿を現す」

ねえ、あたし、可愛い？　あたしの顔、歪んだりしてないよね。あの人の前に出ても、平気だよね？

「知花ちゃんにとって、四谷さんは冷静な鏡の役なんですね」

「うん。俺はね、とにかく嘘はつかないようにしてあの子とつきあってきたから。子供だからって、治療内容を知らないままでいるのも不安だろうし」

知ることで克服できる恐怖もある。辻堂さんの言葉を思い出した私は、背筋を伸ばす。

「でも知花ちゃんの恋に私は何ができるんです？　年が近いからアドバイスとか？」

「そうじゃなくて、よく考えてごらん。今日、あの子は俺に会いに来たよね。ということは今日がデートの日なんだ。そして今日休みをとっていたのは、誰だろう？」

「今日休みだったのは唯史おじさんですけど……。え、えぇーっ？」

それはあんまりにも、年の差がありすぎはしないだろうか。混乱する私に向かって、四谷さんはビンゴ、と指を立てて見せた。

「嘘みたいな話だけどね、叶先生もあの子に対して結構本気みたいなんだ。でもいかんせん援助交際みたいなカップルだから、障害も多いし波風も立ちやすい。だからそんなときは、咲子さんが味方になってあげてほしいんだ。どうかな？」

「もちろん、もちろんです！」

私はとても幸せな気分になって、こくこくとうなずく。そして自然に。ごく自然にこう言った。

「私、四谷さんのことが好きです」

＊

突然の告白に驚いた四谷さんは、今度はデザートの山を築こうとして再び私に止められることになったけど、結局アイスクリームは三個盛りになった。抹茶とバニラとゆずを食べ終え、少し冷えた身体で外に出ると、昼間の熱がほのかに感じられる。

「あーあ、俺から言おうと思ってたのに」

「ふふ、残念でした」

受け身の人生を少しだけ変えることに成功した私は、ぺろりと舌を出した。

「サキに先をこされた、か」

「あっおやじギャグですよ、それ」

並んで歩くうち、私たちは噴水のある広場にさしかかる。ライトアップされた水の流れは幻想的で、私はつかの間足を止めた。

「綺麗……」

そして次の瞬間、私の顔に四谷さんの顔が重なる。

あまりのことに、心臓が破裂してしまいそうに暴れていた。けれど恐ろしいことに、私は頭のどこかでこんなことも考えている。

(そっか。四谷さんって、キスするときに顎をつかんだりはしないんだ)

昨夜の光景を思い出し、私は一人納得した。顎をつかんだのは、形式的に顎を見るため。つまりあの後に知花ちゃんは唯史おじさんと会う予定だったのだ。

(そういえば、「遅れていく」とか言ってた！)

ショーウインドウの前だったのは、ライトが欲しかったからだろう。理由がわかってしまえば簡単なことなのに、私はもの凄い勢いで心を波立たせてしまったんだな。

それはやっぱり、恋、してるから。

＊

その晩、私は家に帰るなりヒロちゃんに向けてメールを打った。

『ヒロちゃん、私は王子様を見つけたみたいだよ』

かなり乙女な表現で気恥ずかしいけど、そこには深い意味がちょっとだけある。

私は、自分のことをお姫様だとは思わない。けれど四谷さんは私に謎を解かせることで、歯医者恐怖症を少しずつ治してくれた。それは長い間、誰も踏み込むことのできなかった心の迷宮。四谷さんはあえて、そこに踏み込んでくれたのだ。まるで勇者のように。

そしていつか、深い茨《いばら》の森に捕らわれた私の心は、彼の繊細で優しい指先に救われるのかもしれない。

そんな気が、したから。

フレッチャーさんからの伝言

朝起きたとき、ほんの少しだけ長く鏡を見てしまった。ねえ、今日の私は昨日の私と違ってる？　おかしな表情とかしてないかな？

「何やってるんだい、サキ」

洗面所で百面相をする私の後ろから、パパが声をかけてきた。

「ううん、別に。ただ、歯はきれいに磨けてるかなって」

私は意味もなく歯ブラシを手にとって、パパに笑いかける。

「ふうん。それはアルバイトの影響かい？」

「そうかも、ね」

昨夜の出来事を思い出していたとはさすがに口に出せず、私は曖昧《あいまい》な答えを返した。だって私のパパは、「サキが結婚するときは誰が何と言おうと号泣する」って宣言してるような人だし。

（キスした、なんて言ったら気絶しちゃうかも）

しかし私の後ろでひげ剃りをはじめたパパは、そんな言い訳に深く頷《うなず》いていた。

「まあでも、いいことだよね。歯医者の受付係がきれいな歯だったら、信頼性も増すってものだろうし」

パパの言葉に、私ははっとする。忘れてた。ううん、そうじゃない。考えないようにしていただけ。

「いらっしゃいませ、って笑った口元が虫歯だったりしたら、ちょっと疑っちゃうよな」

「……そうよね」

鏡の中にいる自分の口元を見つめて、私は決意を固めた。

アルバイトはあと数日。私は、最後にやらなければいけないことがある。

＊

今年の夏は、暑くなるのが遅かった。そのせいか八月の終わりになっても暑い日が続き、秋の気配はまだ感じられない。

「あーあ、サキちゃんがいるのもあと数日かと思うと名残惜しいわ。時の経つのは早いわねえ」

開院前にカウンターを掃除していると、歌子さんが卓上カレンダーを手にとって寂しげな顔をした。

「私もですよ。なんだか、今年の夏休みはあっという間に過ぎちゃったみたいな気がします」

「サキちゃんは初めての体験が多かったからだろうけど、歌子さんの場合は年の問題もあるんじゃない？　ほら、年を取ると時間は早く過ぎるっていうから」

ひょいと顔を覗かせた成瀬先生を、歌子さんは不機嫌そうな目線でにらみつける。

「年？　もしそうだとしたら、院長の一年なんてきっとまばたき一回分くらいなんでしょうねえ」

「ああ、いや。まあ、働いてると季節は早く過ぎるとも言いますかね。きっと歌子さんは働き過ぎなんじゃないかなあ。なんてったって歯科衛生士の鑑《かがみ》だもんなあ」

歌子さんの反撃を恐れた成瀬先生は、わざとらしい言葉を連ねつつ診察室に戻ってゆく。

「あたしはそこまで働いてないわよ、まったく」

失礼しちゃうわ。唇を尖らせた歌子さんの横を、カルテを持った春日さんが通りかかる。

「働き過ぎといえば、長沼《ながぬま》さんですよねえ」

「あ、そうそう。誰よりも一年が早いのは、きっと彼だわね」

長沼さんの名前が出たとたん、笑いが起きた。

「そういえば今日は予約が入ってますよ」

私はパソコンの画面をスクロールして、今日の診察予定を見る。

「長沼さん、午前中ですけど」

「間に合うかしらね？」

黒ピンを口の端にくわえて、歌子さんは眉をひそめた。先週から通院が始まった長沼明《あきら》さんは、初回にいきなり遅刻してきたという前科があるのだ。

時間に遅れるだけならよくある話だけど、長沼さんが珍しかったのは駆け込んでくるなり長い長い釈明を始めたということ。いわく、仕事がとても忙しくてどうしても抜けられなかった。できるだけ間に合うよう努力はしたのだけど、こんな結果になってしまった。

「わかりましたから」

そう何度うなずいて見せても、彼の釈明は止まない。こちらが責めているわけでもないから、どうしたらいいのかわからない。しかも、なんだか嬉しそうでさえある。

「ねえ。忙しいってことは認められてるってことなんだから、頑張らなきゃって思うよね」

嬉々として話し続ける長沼さんは、診察室から業を煮やした歌子さんが迎えに来るまでカウンターの前に陣取っていた。

そして歌子さんは、午前中の遅刻に関しては誰よりも厳しいという一面を持っている。直接お客様にそのことを言うことはないけれど、時間が経つに連れて不機嫌そうに上がる眉を見ていれば誰にだってわかることだ。

きっとお客様を待たせるのが嫌なんだろう。私は漠然とそう思っていたのだけど、ある日のランチでその美しい誤解はばさりとなぎはらわれた。

「あーあ、ホントに午前中の遅刻なんて大っ嫌いよ。昼の休憩時間がすり減るだけで、誰も何にも得しないわ」

出前のきじ焼き丼を勢いよく食べながら、歌子さんはぷりぷりと怒っている。

「食休みの時間がなくなるのよね。デザート買いに行くのだって諦めなきゃならないし！」

そう。実は午前中の時間の遅れは、スタッフのお昼休みを削ることで取り返しているのだ。

クリニックの基本方針として、お客様とお客様の間には十五分のゆとり時間を設けている。そうすれば治療が多少長引いても次の方をお待たせしないで済むからだ。さらに急患のための安全策として、午前と午後それぞれに一人分の空きを作っておく。しかし悲しいことに、ここまで予防線を張ってもスケジュール通りに時間が余ることはほとんどない。

予約をしたのに待たされる。これはお医者さんだけじゃなく美容院などでもよくあることだから、多くの人が経験していることかもしれない。けれど待たされている理由の一部は、やはり同じように予約をした人からもたらされたものかもしれないのだ。

「すいません、ちょっと遅れちゃいまして」

例えばそう言って現れる人が二人いたとする。一人十五分から二十分として、合わせて三十分ちょっと。それが午前中なら、スタッフがお昼休憩返上で頑張って取り返すことが出来る。けれど午後だった場合、時間はただずれこんでいくしかなくなる。そして結果的に、その日最後の予約を入れていた人は三十分ほど待たされるのだ。

今は夏休みで予約も少なめだから、遅刻する人がいてもそれほどお待たせすることはない。でも受付の立場からすると、ほんの少しでも予約の時間を過ぎたお客様の前に座っているのはなんだか心苦しい。

「待つのが嫌だから予約を入れてるはずなのに、なんだか本末転倒ですよね」

中野さんが親子丼を持ったまま首をかしげる。確かにそうだ。

「ま、生き物相手の商売ってのは何事も予定通りにはいかないもんだ」

出前を奢ってくれた院長は、そう言って動じずに笑った。

「生き物って、お客様に対して失礼じゃないですかあ」

春日さんがカツ丼を口に運びつつ甘い声を出す。

「でも院長の言ってることはよくわかるな。生きてる者が相手だからこそ、予測不能な事態が多くて計算通りの時間ではいかないって感じが」

相変わらずきれいな箸使いで天丼のしとうをつまみ上げて、四谷さんがうなずいた。その隣で唯史おじさんはそぼろ丼の玉子をぽろぽろこぼしながら、豪快にかき込んでいる。

「なんにせよ、休み時間が減ったって僕は全然かまわないですけどね。こうして食べる時間さえあれば」

そんな唯史おじさんを、歌子さんはちろりと睨んだ。

「叶先生がそういう発言をなさるなんて、意外ですわね」

「え？」

首をかしげる唯史おじさんに向かって、歌子さんは言い放つ。

「フレッチャーさんに怒られましてよ」

ところで、フレッチャーさんって誰なんだろう？

＊

「さて、時間ですね。開院します」

時計を確認してから立ち上がった私は、ふとメンバーが足りないことに気がついた。いつもなら十五分前には来ているはずの四谷さんが、今日はまだ姿を見せていない。

（……ギリギリで駆け込みとか？）

もしかして、昨日のことで眠れなかったりして。そんなことを考えると、恥ずかしくて顔を見られなくなりそう。でも早く会いたいような、まだ会いたくないような、じりじりとした気持ちがわき上がってくる。

しかし結局四谷さんは三十分も遅れてきた上に、一人ではなかった。同い年くらいの男性と連れだって入ってきた四谷さんは、私を見て照れくさそうに笑顔を向ける。

「おはよう、咲子さん」

「おはようございます」

隣の人がお客様だった場合のことを考えて、私は受付の人間らしい挨拶を返した。なんだかもどかしい。

「こちらは友人の歯科技工士で、船橋淳二《ふなばしじゅんじ》さん。今日は院長に挨拶ということで来てもらったんだ」

「だから遅かったんですね」

「うん。院長には伝えてあるから」

また後で説明するから。小さな声で囁く彼に、私はにっこりと微笑んだ。そんな私に、船橋さんは軽く会釈をして通り過ぎる。初めて見た、四谷さんの友達。細いイメージは二人とも似てるけど、船橋さんは四谷さんよりも人付き合いが上手そう。

(友人、かあ。私も今度ヒロちゃんを紹介したいな)

つきあいの輪が広がる予感に浮かれている私に、デスクから顔を上げた葛西さんが声をかける。

「新しい技工士の方、いらしたんですか」

「え?」

「今こちらを通られたのは、四谷さんとそのお知り合いの方ですよね」

「あ、はい。そうですけど……」

新しい技工士?　ということは、院長はスタッフをもう一人増やすのだろうか。あるいは、外注部門としてお願いするとか。

「ということは、あの方が四谷さんの後に入られるんですね。腕の良い方だといいんですけど」

四谷さんの後？　もしかして彼は、ここのクリニックを辞めるのだろうか。私はどきどきしはじめた胸を落ち着かせつつ、葛西さんにたずねる。

「あの、四谷さんはどこか別のクリニックに移られる予定でもあるんですか？」

その瞬間、葛西さんの表情が曇った。まるで言ってはいけないことを、言ってしまったみたいに。

「四谷さんは……ドイツに留学なさるそうですよ」

大丈夫。私はパソコンの画面を見つめて自分に言い聞かせた。大丈夫よ、サキ。別に浮気されたわけじゃないし、ないがしろにされたわけでもないんだから。

(ていうか、つきあいはじめて早々に遠距離恋愛ってこと？)

きっと、留学の話は私がここに来る前から決まっていたことだと思う。だけど四谷さんは、私に一度もそんな話をしたことはない。でもそれはしょうがないのかもしれない。多分彼だって、たった一ヶ月（というか特にここ一週間くらい）で私とここまで距離が縮まるなんて想像もしなかっただろうから。

それに歯科関連の本を読んで知ったことなのだけど、ドイツは歯科技工の先進国の一つだ。場所を選べば治安もさほど悪くないし、このアルバイトで貯めたお金を使って遊びに行くのもいいかも。ソーセージとかおいしそうだし、ロマンチック街道なんかも見てみたい。私は必死に自分を納得させるよう、頭の中に安心材料を並べ立ててみる。

（……でもでも！）

やっぱりそのことを突然聞かされたのは、結構ショックだ。「また後で」というのはこの説明なんだろうけど、せめてメールで教えてくれるくらいしてもいいんじゃない？　寂しさの後にやってきた理不尽な怒りを持てあまして、私は歯の形をしたマスコットをぎゅっと握りしめた。むぎゅ。

＊

千々に乱れる気持ちを顔に出さないようにして、私はとにかく丁寧な接客を心がける。ここにいられるのもあと少しなんだから、せめて悔いのない仕事がしたい。すると不思議なことに、お客様と接するうちに気持ちがどんどん落ち着いてきた。

「お願いします」

葛西さんに書類を渡した次の瞬間キーボードを叩き、私は目の前に立つ人に集中する。顔色、立ち姿、体臭、声、感覚の全てを使ってその人を見つめ、できるかぎり自然な話題から生活習慣を推測した。お客様が笑顔で帰られると、私は詳細を二枚目のカルテに素早く打ち込む。

（なんだろう……この感じ）

流れるように仕事が進むと、無心でキャッチボールをするような、マラソンでセカンドウインドがおとずれたような、そんな気分になる。しかしそんな流れを断ち切ったのは、やはり長沼さんだった。

「すいません、遅れました！」

予約の時間から五分過ぎて、彼はクリニックのドアを開いた。けれど五分ならゆとりの範囲内だから慌てることはない。

「大丈夫ですよ。こちらにどうぞ」

私は微笑みながら両手を差し出す。長沼さんは前回、上着と手荷物を預けられているのだ。

「あ、ありがとう」

ばたばたとした動作で背広を脱ぐ。自称「ワーカホリック」の彼は三十七歳の会社員だけど、どうにも慌て者っぽい。

「なんか最近忙しくて徹夜続きでさ、あんまり家に帰れてないんだ。だからここへ来るのも、精一杯頑張って時間を作ってるんだけど」

そう言いながら、白いケーキ箱をカウンターの上に載せる。

「これ、前回遅刻しちゃったお詫び。皆さんで食べて下さい」

「え？　でも、そんな」

「いいからいいから。生ものだし、受け取ってもらわないと行き場がないんだ。お願いします」

片手で拝むようにして、長沼さんは頭を下げた。でも、遅刻しただけでお菓子を持ってくるなんて。他の人に指示を仰ごうとふり返ると、ちょうど歌子さんが待ちきれずに診察室から出てきた。事情を話すと眉をぴくりと上げて、にっこりと笑う。

「まあ、それはそれはご丁寧にありがとうございます。でも次回からはご遠慮願いますわね？」

遅れられるたびにお菓子をいただいていたら、スタッフのボディラインに影響が出てしまいますから。そう言いながら歌子さんはさっさと長沼さんを連行していった。

(ケーキ買う時間があるなら、遅刻しないですみそうなものだけど)

私は彼の上着をハンガーにかけようとして、ふとおかしなことに気づく。コロンが香ったのだ。

治療が終わって戻ってきた長沼さんは、目の下にくまができていた。彼の仕事は営業と聞いていたけど、パソコンなどで目を使ったんだろうか。それともただの疲労？

「お帰りなさい」

精算を待つ間、私はカルテ作りのため長沼さんに話しかける。

「本当にお疲れですね。お仕事って、やっぱり外回りとかなんですか？」

「うん、そうだね。平日の昼間はほとんど外回りで、そのまま帰社してから報告書を作るって感じかな」

ということは、足も使うし目も使うんだ。

「じゃあお休みの日は基本的に体を休めてるんでしょうか」

「そうなるかなあ。あ、でも趣味はあるよ。スポーツが好きでさ、仕事帰りに仲間とフットサルをやったりするんだ」

「……仕事帰り、ですか」

「そうだよ。ああ、そういえば一昨日もやったかなあ」

徹夜続きで家に帰れていないのに、フットサル？　長沼さんの発言は、どこかちぐはぐな感じがして気にかかる。

「体を動かすのは苦にならないんですね」

「まあね。必要にかられてって部分はあるけどさ」

必要、ということは健康志向なのだろうか。

「にしてもホント、ここはオアシスだよ。涼しいし、お姉さんたちは優しいし、それになによりあの椅子！　身体を横にされるとさ、眠りを誘われちゃうんだよなあ」

「もしかして、今日もうとうとされたりとか、しました？」

「あ、わかる？　気持ちよくてつい、ね」

照れくさそうに笑いながらも、長沼さんは頬のあたりをさすっている。痛いんだろうか。でも、だとしたらそんな状況で眠るなんておかしい。

ますます怪しさを増した彼の言葉に、私は注意深く耳を澄ました。

「おかげで今日も気持ちよく頑張れそうだ。それじゃ、また明日。先生や衛生士さんたちにもよろしく。あ、もちろん計算してくれた事務の方と、それから君もね！」

精算を終えた長沼さんは、そこら中に明るい笑顔をふりまきながらクリニックを後にした。

（ちょっと……調べてみる？）

長沼さんには、何かある。ここ一ヶ月で鍛えられた受付としての勘が、私にそう告げていた。

そして私は、その日のランチタイムに聞き込み調査を開始したのだ。

＊

「長沼さんの診察室での様子？　うん、まあ普通だったわねえ」

生ハムとルッコラのサンドイッチをぱくつきながら、歌子さんは笑顔で答える。今日は長沼さんの遅れが後に響かなかったので、ランチにおいしいデリのパンを買ってくることができてご機嫌なのだ。

「そうだね。診察内容も特に変わりはなかったな。前回から引き続き、虫歯の治療がメインで」

隣で成瀬先生がチーズ入りのパニーニを手に苦笑する。

「でも、また寝たよね。あの人」

「また？」

「うん。前回も治療方針の説明が終わって治療に入ったとたん、目を閉じてたんだ。最初はただ目を閉じてるだけかなって思ってたんだけど、よく見たらこれがマジ寝」

「そりゃすごい。歯医者の治療中に寝るなんて、剛の者もいたもんだ」

具のこぼれそうなサブマリンタイプのサンドイッチを抱えて、唯史おじさんは目を丸くした。

「受付では、お仕事がすごく忙しくてほとんど家に帰っていないとおっしゃってたんですけど」

「だから横になったとたんに目が閉じてしまうの？　それは尋常じゃない疲れ方ね」

その身体的ストレスが歯に響かないといいけど。中野さんが野菜サンドをつまみながら、心配そうな顔をする。

「でも、長沼さんに限ってその心配はなさそうですよお。だってあの人、ものすごく楽天的っていうか、明るい性格ですもん」

「そうよねえ。治療の前後もよく喋って、うるさいのなんのって」

ターキーサンドにかぶりつく春日さんに、歌子さんは深く相づちを打った。

「確かによく喋ってましたね。俺が横を通ったときも、診察室でナンパしてるのかと思った」

四谷さんの声。何のてらいもないこの感じは、私が留学の話を聞いてしまったことなど知らないのだろう。胸の詰まる思いで、私は彼の手元のニース風ツナサンドを見つめる。

「あの、よく喋るっていうのは、具体的にどんな内容なんでしょう」

「俺が聞いたのは、主に成瀬先生をほめてるとこだったな。こんなに治療がうまい先生は初めてだとか」

「そうそう、ほめ殺しの真っ最中だった。なんかあの人、やけに人のことほめるんだよね」

成瀬先生はそう言って、まんざらでもない表情で笑った。それを横目で見た歌子さんは、手についたパンくずを払い落として顔を上げる。

「とにかく、長沼さんてものすっごい営業体質なのよ。あたしに対してもほめまくり。作業をほめてたからナンパじゃないなとは思ったけど、それにしても不必要な部分までほめすぎるわ。あれじゃただのヨイショみたい」

「そういうのって、癖になってるんでしょうか」

「……でもまあ、ぶすっとしてるよりはいいかしらね」

反省してるようだし。いそいそとケーキの箱を取り出した歌子さんは、中を見てにんまりと笑う。どうやらこと歌子さんに限り、長沼さんの作戦は成功しているようだ。

「咲子さん、長沼さんは何か問題があるのかい」

「いえ。ただ明日も予約が入ってらっしゃるので」

四谷さんから目をそらしたまま、私は言葉少なに答える。本当は、その若白髪みたいな前髪をはたいてあげたくてしょうがないのに。


午後いっぱいかけて、私は長沼さんの件を考えていた。ランチタイムで皆に尋ねても、彼に身体的な問題はない。では彼のどこがひっかかるのか、そして私だけが違和感を覚えるのは何故か。

手がかりはいくつかある。まず、言動の不一致。家に帰っていないと言ったのに、服も本人もとても清潔だったこと。もしかしたら会社にシャワー室があるのかもしれないけど、それにしても何日か着続けるであろう背広が臭わないのは不思議だ。

（そもそも、外回りをしてるなら煙草の匂いとかつくんじゃない？）

私のパパは外回りとか会社に縁のない生活を送っているけれど、それでも仕事で外出したときなどは色々な匂いをまとって帰ってくる。飲食店に漂う油混じりの煙や、電車で隣り合わせた人の香水。それすらもないということは、長沼さんの背広はおろしたてかそれに近い状態なのではないだろうか。

さらに、家に帰れないほど忙しいと言っていたのに「一昨日フットサルをやった」と話した。そんな時間があるなら帰って寝ればいいはずなのに。ただ、体を動かすとストレス解消にもなるから、そういった意味でのスポーツなら理解できるのだけど。

(でも疲れを増してるのも事実よね。だから治療中に寝たりしちゃうんだろうし)

これで長沼さんが暗い性格だったら、まるで自分で自分の身体を追い込んでるようにも見えただろう。しかし幸い、彼はとても明るい印象だ。いや、むしろ喋り過ぎと言ってもいいくらいに。

「うーん……」

「咲子さん、どうしたんだい」

カウンターで考え込んでいた私に、四谷さんが声をかけてきた。びっくりして時計を見ると、いつの間にか閉院時間を迎えている。

「あ、いいえ。ちょっと考え事をしてただけです」

私は立ち上がり、慌ててドアの鍵をかけた。すると背後から四谷さんの声が追ってくる。

「あのさ、ちょっと話があるんだけど今夜って空いてるかな?」

来た。私は少し緊張したまま、ゆっくりとふり向く。

「空いてますよ。ちょうど、私も話したいことがあったんです」

「そうなんだ」

ちょっとびっくりしたような四谷さんの顔。だから、まだ粉ついてるってば。

＊

四谷さんの話は、案の定留学の話だった。和風カフェのテーブルで向き合った彼は、少し心苦しそうな表情でその件を切りだした。

「俺は自分が歯科技工士としては未熟だし、もっと学ぶべきことがあると思う。だからそのための留学は、ずいぶん前から考えてたんだ。でも、俺の後に入ってくれる船橋の都合もあって引き継ぎが今になったんだよ」

だって見も知らぬ奴にあのクリニックを任せるのは嫌だったからさ。蒸し鶏とお漬け物のビビンバを必要以上に混ぜながら四谷さんは話す。

「期間は？　どれくらい行ってるんですか」

「二年を予定してる」

ちょっと、長いな。再び軽い衝撃を受けた私は、うつむいて冷たい緑茶をすすった。そんな私を見て、四谷さんはたたみかけるように言葉を紡ぐ。

「でも行ったっきりにはしないよ。一年に一回は帰ってこようと思ってるし、咲子さんのことをほったらかしにはしない」

「うん」

「メールも電話もするよ。社会人になってからの留学だから、節約はそこまでしなくていいし」

「……うん」

嬉しい。私のことを真面目に考えていてくれて、本当に嬉しい。でも、嬉しいからこそ、悲しい。だってこんなに心を尽くしてくれる人が、遠くへ行ってしまうのだから。

「……とってつけたみたいにこんなこと言っても、駄目かな」

「ううん」

気持ちは充分に伝わってる。私は混ぜご飯の中のちりめんじゃこを見つめて首を振った。涙が出そう。でも、泣きたくはない。私は熱くせり上がってくるものをぐっとこらえて、笑顔を浮かべる。

「私、四谷さんのことが好きですから」

「咲子さん……」

心は移ろいやすいから、この先どうなるかは私にもわからない。でも四谷さんと私は、待つとか待たないとか、約束を交わすというのも違う気がした。だからあえて、そういう言葉は使わない。

「二年たったら私、ちょうど社会人になってる。そしたら大人のカップルですね」

「ああ」

「卒業旅行は、ドイツにしようかな」

ちょっとおどけてみせると、四谷さんはいきなり私の手を掴む。

「……えっ？」

「ありがとう」

両手で私の手をすっぽりと包み込み、四谷さんは頭を下げた。

「ありがとう、咲子さん」

長くてきれいな指。いつの間にか大好きになっていた指。やだもう。泣かないって決めてたのに。私は目の端にじわりと浮かんだ水分が蒸発するまで、一生懸命まばたきを我慢していた。


しばらくたって気持ちが落ち着いた頃、四谷さんはぽつりぽつりと自分のことを話しはじめる。

「俺は最初、ただ手先が器用だったからこの仕事を選んだんだ。同じ歯に関する仕事でも医師を選ばなかったのは、人と話をするのが得意じゃなかったからだと思う」

黙って指示書の通りに技工物を作るのは楽だったからね。お吸い物の中に入っているじゅんさいをつまみ上げて、四谷さんは苦笑する。確かに器用だ。

「でも知花ちゃんの症例に立ち会い、叶先生を見てから考え方が変わったんだ。話しかけ、心を通じ合わせることで治療の可能性はどこまでも広がるんだって」

「だからこのクリニックに？」

「そう。尊敬できる医師の書く指示書に、完璧な仕事をしたかったんだ。でも結果的に成瀬先生もいいドクターだったから、ちょっと得したかな」

確かに成瀬先生の技術はすごそうだ。私がクリニックに初めて来た日も、治療の手を休めずに素早く仕事をこなしていたし。

「俺は話すのが上手くなかったから、成瀬先生のスタイルはすごいと思ったよ。言葉と手が同時に機能してるからさ」

「唯史おじさんとは、正反対のイメージかも」

ゆっくりと着実な唯史おじさんと、スピーディーでスマートな成瀬先生。二人は見た目も対照的だ。しかし四谷さんは意外な言葉を口にする。

「うん。確かに印象は違う。でもフレッチャイズムを体現してるって意味では、あの二人は同じなんだよな」

フレッチャイズム？　これに似た言葉を、確かお昼に歌子さんが口にしていた気がする。

「四谷さん、フレッチャイズムってフレッチャーさんていう人と関係がありますか？」

「よく知ってるね」

嬉しそうな表情で四谷さんはにこりと笑う。そしてやおら店員さんを呼び、鯛の昆布じめ桜風味と三色つくねの盛り合わせを注文した。

「あーあ、また食べ過ぎちゃう」

冗談めかして言うと、四谷さんは笑顔で首を振る。

「よく噛んで、ゆっくり食べれば大丈夫。フレッチャーさんはそう言ってるよ」

だからその人は誰なんですか。問いつめる私に、四谷さんはフレッチャーさんのことを説明してくれた。

「フレッチャーさんはアメリカの時計商でね、成功して大金持ちになった人なんだ」

「全然歯に関係ないですね」

「そう。歯科医師でもない彼がどうして歯科学会で有名になったのか。それにはおとぎ話みたいなエピソードがあるんだ」

じゃ、お話のはじまりはじまり。そう言って四谷さんは青のりつくねの串を持ち上げた。

大金持ちで食べることが大好きだったフレッチャーさんは、運動もせずコックを五人も雇って毎日世界中のご馳走を食べ放題。でもそんな暮らしが身体に良いわけがありません。風邪でもないのに、なんだか毎日だるくてしかたがない。

「なのにベッドの中でも世界の料理を食べ続けたっていうからすごいよな」

「寝たまま高カロリーって、いかにも体に悪そうですけど」

しかし健康が心配で入ろうとした生命保険を断られてから、彼は本気で不安になりました。そしてお医者さんを訪ね、精密検査を受けたところ、いろんな病気になりつつあることがわかったのです。

「要するに生活習慣病のオンパレード。メタボリックシンドロームの先駆けみたいな感じだったと」

落ち込んだフレッチャーさんは、ある日気分転換と運動のため、しぶしぶ散歩にでかけました。そしてそのとき偶然、自分よりも貧しい家の食事風景を窓から見てしまったのです。楽しそうに食卓を囲む彼らの姿を見た瞬間、フレッチャーさんの中に一つの考えがひらめきます。

「ぜいたくでない自然の食べ物を、楽しく、ゆったり良く嚙んで食べること。それが健康への道だと気づいたんだよ」

そして自分もそれを実行するにつれ、だんだんと体重が減り健康も回復しました。すると外で運動することにも意欲がわき、のちに自転車競技にも参加して良い成績もおさめるほどになったのです。

「ということでめでたしめでたし。

彼が編み出した噛む健康法は最初こそ相手にされなかったものの、やがてフレッチャイズムと名づけられた末、学会でも発表されてさらにめでたしめでたし」

ごま入りつくねを頬張りながら、私はうなずく。だからあのとき、ご飯をかき込む唯史おじさんに歌子さんは注意をしたのだ。

「フレッチャイズムの基本はちゃんとお腹がへるまで食べないこと。そして好きな物を楽しくよく噛んで、時間をかけて味わうこと。よく噛めば満腹感も増す、っていうのは今やダイエットの常識だね」

「ていうか、フレッチャイズムは健康なダイエットそのものみたいです」

「だね。でも医学的には唾液の分泌がポイントなんだ」

唾液？　もぐもぐとつくねを噛みつつ、私は自分の口の中に意識を向ける。

「よく噛めば、自然に唾液が分泌される。そして唾液には活性酸素を消去し、生活習慣病やガンを予防するという効果があるんだ。あと、老化防止にもなるんだっけな」

「んん、すごい！」

まるで噛むことは万能薬みたい。私が言うと、四谷さんは笑った。

「人間の身体にとって普遍的なことは、みんな万能薬みたいなものだよ。たとえば歩くことや考えること。ウォーキングや流行の脳トレーニングなんてのもそうだろ？」

言われてみれば、健康で楽しく長生きって効能は似てるかも。要するに、何事もバランス良くほどほどにってことだろうか。

「フレッチャイズムはよくわかったけど、それって唯史おじさんと成瀬先生だけの共通項かしら？」

話題を戻すと、四谷さんは軽くうなずいた。

「あのさ、俺はあの二人に広義のフレッチャイズムとして口の機能を生かすってことをイメージしたんだ。患者ときちんと向き合って話す叶先生と、短時間に情報を引き出す成瀬先生。アプローチの仕方は違うけど、笑顔で話すことを重要視しているって部分では似てるんだよ」

「笑顔で話すこと……」

歯は、食べるためだけにあるわけじゃない。歯がなければ、話すことも難しくなる。だからこそ人は義歯や床義歯《しょうぎし》を作るのだ。

「そして、それこそが最も俺に欠けている部分でもあった。叶先生のやり方に感動したのはいいけど、いざ自分が患者に向き合うとやっぱり上手く話せなかった」

「でも私が見る限り、最近は四谷さんもよく話してるみたいですけど」

「だからそれは、咲子さんの影響なんだ」

いきなり自分の名前を挙げられて、私はどきりとした。

「私、何かしましたか？」

「咲子さんは最初、言っちゃやなんだが歯科のどしろうとだった」

「……そうですけど」

ちょっとむっとして私は答える。

「ああ、歯になんかこれっぽっちも興味のないただのアルバイトなんだな。失礼ながら俺は、そう思ってた」

実際のところそうだったんだけど、あらためて言われると気分が良くないのは何故かしら。もう。

「だって最初は、歯科医だなんて知らずに来たんだもの」

頬を膨らませた私を、四谷さんは苦笑しつつ見ている。

「でも高津さんの歯ぎしりに関して俺が説明をした後、咲子さんは彼女の気持ちを救った」

「え、そんな」

大それたことはしてませんよ。私は慌てて首を振った。

「もちろん、それはすごく朴訥《ぼくとつ》というかストレートな行為だった。でも、だからこそ君の言葉は高津さんに届いたんだと思う」

「そうなんでしょうか……」

「ああ、とても鮮やかな瞬間だった。俺はそれを見て、自分に足りないのはこういう心のケアなんだってことを思い知らされたよ。あのときの君は、まるで昔の叶先生みたいだった」

昔の唯史おじさん。それはきっと、知花ちゃんにまっすぐで真面目な気持ちを伝えようとしていた頃のおじさん。

「そして君は、日を追うごとに患者との対話がどんどん上手くなっていった。院長が二枚目のカルテの作成を依頼したからかもしれないけど、きちんと相手と向き合う姿はすごく勉強になったよ」

予想外の評価に、私は赤くなって言葉に詰まってしまう。そんなところを見ていてくれたなんて。

「口は……コミュニケーションの入り口でもあるんですね」

目で通じることもある。でも、口に出して話さなきゃわからないことだってたくさんある。話し合うこと。言葉を交わすこと。私は四谷さんと出会わなければ、こうして向き合っていることの大切さだって知らずに過ごしていただろう。

「あの、ところで私からもお話があるんですけど」

「そうだったね。ごめん、俺ばっかり話しちゃって」

「いえ、いいんです」

私はすうっと深呼吸して、四谷さんの目を見た。

「私、品川デンタルクリニックで歯科検診を受けようと思うんです」

＊

いきなりの発言に、四谷さんは持ち上げたじゅんさいをつるりとお椀の中に落とした。

「小さい頃の体験が尾を引いて、ずっと歯医者を避けてきました」

「うん」

私は自分を落ち着かせるように、つとめてゆっくりと冷静に話す。

「でもクリニックの皆さんの姿を見ていたら、怖いのはあのときのお医者さんで、歯医者さんが怖いんじゃないかもしれないと思えるようになってきたんです」

それに辻堂さんの「知らない方が怖い」という言葉も背中を押してくれた。

「うん」

「だからまず歯科検診を受けます。そうしたら多分、虫歯の一つや二つは見つかると思います。なにしろ、ずっとほったらかしなんですから」

「うん」

「それで、四谷さんに技工物を作って欲しいんです」

でないといなくなっちゃうから。とはさすがに口に出せない。

「二年、持つようにして下さいね」

「うん」

「さっきからうん、しか言ってない」

笑いながら指摘すると、四谷さんはしごく真面目な表情で私を見た。

「大丈夫。他の患者さんと差別することなく、きちんとした仕事をさせてもらうよ」

君だけに、とか特別に、なんて言わないのが四谷さんらしい。私はさわやかな気分で、目の前の恋人を見つめ返した。

家に帰り、歯科検診を受ける話をするとママはとても喜んでくれた。なんかママの思惑どおりになっちゃったみたいな気もするけど、まあそれはそれでよしとしようかな。

「ところでサキ、診察を受ける日には何を着ていくの？」

「え、どういうこと？」

別に服を脱ぐわけじゃないし、歯科を訪れる際に注意すべき服なんてあったかしら。

(ミニスカートは危険、とか？)

首をかしげる私に、ママはいたずらっぽい微笑みをむけた。

「ちょっと聞いてみただけ。ママの知りあいには、お医者さんにかかるときは一張羅を着てく人がいるから」

「ものすごくお洒落な人なの？」

「ううん、全然」

「じゃあ、なんで」

「それが彼女いわく、作戦なんだそうよ」

ママは冷たいカフェラテを作りながら、くすくすと笑う。

「身ぎれいにして、具合が悪くても受け答えははっきりと。ついでに余力があれば愛想もふりまいとくこと。そうすると初診のお医者さままでも味方につけられる確率がぐんと上がるんですって」

なるほど。初診のお医者さんというのは、要するに初対面の他人だから印象を良くしたいということなのね。笑いながら受け取ったグラスに口をつけたとき、私の頭にひらめくものがあった。

「……好印象を持ってもらいたいと思うのは、良い治療を受けたいから？」

「うーん、彼女の場合はずいぶん昔に嫌な医者と会ったのがきっかけだって言ってたけど。なんでも、服装や態度を見て患者を差別してたっていうんだから失礼な話よね」

病気や怪我のときにそこまでできますかっての。ママはカフェラテを飲みながら言った。

＊

翌日、私が開院前に診察を受けたい旨を伝えると、当然のごとく皆は驚いた。しかし中でも一番目立った反応を示したのは、なんといつもは物静かな葛西さんだった。

「サキさん、大丈夫なの？　無理しなくたっていいんですよ」

「ありがとうございます。でもこのクリニックなら、大丈夫だと思うんです」

「強がらなくてもいいんですよ？　怖いことは恥ずかしいことじゃありませんからね」

おろおろとした表情の葛西さんは、なんだか心配性のお母さんみたい。私は葛西さんの新たな一面を知って嬉しくなる。

「ところで担当医はどうしたいかね？」

後ろで椅子に座っていた院長が、唯史おじさんと成瀬先生の方を指さした。

「スタッフ特権で、好きに選ばせてあげよう」

「え……」

私は二人を交互に見る。ぜひ自分に、とうずうずしている唯史おじさんとお好きにどうぞ、という態度の成瀬先生。姪の立場としてはおじさんを選ぶべきなのだろうけど。

「あの、成瀬先生でお願いしたいです」

「サキ、なんで！」

がっくりと肩を落とす唯史おじさん。

「ごめんね。でも親戚だとかえって恥ずかしい気がして」

というのはちょっとだけ本当で、ちょっとウソ。なぜなら私の中で唯史おじさんの手は、知花ちゃんのためにあるものだから。それに今回に限り、成瀬先生でないといけない理由がある。

「俺に異存はないよ、サキちゃん。絶対に余計な時間をかけたり、不快な痛みを長引かせたりしないから安心して」

「はい。よろしくお願いします」

こころよく引き受けてくれた成瀬先生にお礼を言うと、私はもう一つのお願いを切り出した。

「ところでその時間なんですけど、もしできれば今日の最後でもいいでしょうか」

「え？　いきなり今日でいいんですかあ？　だって今日は」

アルバイト最後の日じゃないですか。春日さんの高い声が室内に響く。

「いいんです。実はちょっと、長沼さんに関して気になることがあって」

「長沼さん？」

四谷さんが怪訝そうな表情でたずねる。そこで私は、昨夜ママの言葉をヒントにしてたどり着いた結論を皆に説明した。

「だからできればあの方がいる時間に、一緒に診察して欲しいんです」

長沼さんは今日の最後に予約が入っている。そして彼の担当医は成瀬先生だから、先生は二つの椅子を行き来することになるだろう。手間をかけさせてしまうのは申し訳ないけど、彼にとっては多分その方がいいはず。私がそう告げると、成瀬先生は軽くうなずいた。

「いいよ。二人同時なんて開業医のところじゃ珍しくもないことだし」

私はその答えにほっとして、再び深く頭を下げる。

＊

夕方。西日が窓の外に反射する頃になって長沼さんはやってきた。

「やあ、こんにちは。今日も暑かったねえ」

やはり明るい声であいさつをしてくれる。

「こういう日はホント、外回りがつらいよ」

そんな台詞とは裏腹に、やっぱり上着からはコロンが香る。そして五分遅れの今日、右手にはやっぱりお菓子の箱が。私はふと切ない気分になって、長沼さんを見上げた。

「あの」

「なんだい？」

「もう、一生懸命しなくてもいいです」

その言葉で、明るい長沼さんの顔が凍りつく。

「何言ってるんだい……？」

「わざと遅刻しなくてもいいんです。私、長沼さんと同じだからわかるんです」

つとめて静かに、語りかける。怒らせてはいけない。けど、怖がらせるのはもっといけない。

だって長沼さんは、デンタル・フォビアなのだから。

「あの明るい人が歯科治療恐怖症？」

歌子さんが驚いたように私の方を見た。

「そうです。でも長沼さんの場合、それを隠してらっしゃるようですが」

私はそこで、一張羅を着てお医者さんに行く人の話を例に出した。「身ぎれいにして愛想良く、という点では長沼さんも同じ印象だが、好印象を持たせたいんだったら遅刻はしないんじゃないか？」

院長の的を射た質問に私はうなずく。

「そうですね。でも彼の遅刻は、スタッフにお菓子を渡すための口実のように思えるんです」

長沼さんを見ていて、何度も頭に浮かんだ本末転倒という言葉。それに従って考えると、遅刻したからお菓子を持ってきたんじゃなくて、お菓子を持ってきたいから遅刻したのだと感じた。

「つまり、贈り物をして心証を良くしたい。そういうことか」

なるほどね。四谷さんが感心した風に腕を組む。

「てことは、ほめ殺しもその一環？」

私がうなずくと、歌子さんはちょっと口惜しそうな顔をした。もしかして文句を言いつつも、結構嬉しかったのだろうか。

「さらに治療中に寝てしまうというのも気になりました。というのも、長沼さんは寝る間もないほど忙しいと言いながらスポーツをしたりして、わざと身体を疲れさせているように見えたからです」

そのくせ身支度は完璧だったから、余計にアンバランスな印象を与えたのだ。

「ある人は、医療行為について知識があった方が怖くなくなると言いました。けれど私はその言葉を聞くまで、知らない方が怖くないと思っていたんです。どうせ痛くて怖いなら、目をつぶってるうちに終わって欲しい」

「できれば、意識を失ってるうちに——。そういうことか」

唯史おじさんが静かにつぶやく。

「けれど麻酔をかけてくれと言うわけにもいきませんから、長沼さんは苦肉の策として自分の身体を疲れさせたんです」

「横になったとたん寝てしまうようになればいい。そう考えられたんですね」

中野さんが悲しげな表情で言った。

「でも、なんで言ってくれなかったんでしょう。そこまで気になるようであれば、小規模の麻酔をかけることだってできたのに」

しかし私はゆっくりと首を振る。

「言えなかったんです」

「どういうこと？」

「言ったら嫌われてしまうかもしれない。そう、思ったからです」

誰だって人に嫌われたくはない。それも自分がかかっているお医者さんには、なおのこと。でも、だからといって必死にご機嫌をとるのは間違ってる。だって医師と患者は、対等であるべきなのだから。そう考えると「医者なんてサービス業だ」と言い切る院長が、いっそ清々しく思えてくる。

「私もずっと歯医者さんが怖くて、でも長沼さんほどの勇気もなかったから、歯はほったらかしでした」

そう。歯医者が怖い私だからこそ、長沼さんのことが気になった。

「なのに歯医者の受付に？」

怪訝そうな顔で長沼さんが私を見る。ここで気持ちを離れさせてはいけない。正念場だ。

「母の陰謀で、行き先を知らずにアルバイトに来たんです。ただ受付業だとしか言われずに」

「そういうこと」

「でも、働いているうちに見方が変わったんです。確かに歯の治療はとてつもなく不快だけど、ここの人たちなら信じられるかもしれないって」

「それ、どういうことだい？」

私の言葉に興味を示してくれたのか、ほんの少し長沼さんの雰囲気がやわらいだ。そこで一気にたたみかける。

「たとえ長沼さんが仕事帰りで汗くさくても、上着がしわしわでも、ここのスタッフは気にしません。必要以上に褒めて下さらなくても、医療行為には最善を尽くしています。そしていただきものなどしなくても、スタッフの優しさに変わりはないということです」

「君……」

「それに、身体を痛めつけるのもやめて下さい。スタッフは歯を治療するだけではなく、長沼さんが健康であることが望ましいと思っているんですから」

呆然と立ち尽くす長沼さんに近寄り、にっこりと笑いかけた。そしてポケットからできたてほやほやのメンバーズカードを取り出してみせる。

「ここの人たちは、治療に関してお客様の分け隔てをしません。その証拠にほら、今から私も成瀬先生に治療していただきます」

このクリニックに勤めている人間が一緒に治療を受ける。それも同じ部屋で同じ医師に。しかも私は彼よりも重度の歯科恐怖症患者だ。そんな状況なら、差別なんて起こりようもない。

「二人なら心強いかなと思って、ご一緒させていただくことにしました」

本当は今、ものすごく緊張している。ていうか怖い。でも私は笑顔をひきつらせつつ、自分のカードを葛西さんに渡した。

「そ、それじゃ行きましょうか」

足が震えてきて、方向転換した瞬間、私はバランスを崩して転びそうになる。そんな私をとっさに支えてくれたのは、長沼さんだった。

「あ、ありがとうございます」

無理やりの笑顔を作ると、目の前の長沼さんが大きなため息をつく。

「まったく」

「はい？」

「まったく、かなわないな。年下の女の子にそこまでされちゃ」

君には降参だ。そう言って長沼さんは、そのまま診察室へと足を運んでくれた。

＊

二つ並んだ診察台の間に、成瀬先生と歌子さんが立っている。

「それじゃあ治療をはじめさせてもらいます。二人ともちょっとばかり怖がりさんのようですから、治療は迅速、痛みは最小限を心がけます」

成瀬先生の言葉に、歌子さんがうなずく。

「まず最初に僕は長沼さんの治療を行います。その間歌子さんはサキちゃんのオーラルチェックをお願いします」

「はい」

「長沼さん、緊張するようでしたら軽い麻酔をかけることもできますが、どうしますか？」

周囲を麻痺させるくらいのものから、下顎全域をカバーするものまでよりどりみどりですよ。成瀬先生の言葉に、長沼さんがくすりと笑った。

「こんなことなら、もっと早くカミングアウトしておくんだった」

「そうですよ。こちとらサービス業なんですから」

ご要望があればそれに添った方向で進めます。そう言って成瀬先生は長沼さんの方に上体を倒した。そして私の方には歌子さんが。

「サキちゃん、大丈夫？」

「だ、だいじょうぶ、です」

ああ、やっぱり怖い。自分で言いだしたことなのに、なんてこと。

「とりあえずは虫歯の探知機を入れるだけだから、痛くもかゆくもないわよ」

そう言って歌子さんはガイガーカウンターによく似た機械を取り出す。

「こうして歯に近づけるだけ。ね、触りもしないの」

しかしところどころ、近づけると明らかに高い音を発する場所があった。きっとあれが虫歯なんだ。そう考えると、起き上がって診察台から飛び降りたくなる。ああもう。やだやだ。

「サキちゃん、すごいわね」

歌子さんの声で、私は我に返った。

「え？」

「こんなに長い間ほっといたとは思えないわ。もっと虫歯だらけだと思ったのに」

真面目に歯磨きしてたでしょ。歌子さんが目だけでにっこり笑う。今日はマスクをして向き合っているから、あのセクシーな厚ぼったい唇は姿を隠している。

「……歯医者さんに行かなくてすむように、一生懸命磨いてました」

「いいことよ。だからほら、虫歯はあったけどどっちも軽い状態だわ」

やっぱりあったんだ。がっくり落ち込む私の肩を歌子さんが軽く叩く。

「大丈夫。塗布麻酔をきかせるから、痛くもかゆくもないわよ。あ、ところでこれは慣例として聞くんだけど。サキちゃん、妊娠してないわよね？」

「え？　あ？　し、してませんっ！」

何故か唐突に四谷さんの顔が頭に浮かんで、私は一人赤面した。

「あとは喘息《ぜんそく》の有無だけど、それもないわね」

「はい」

「じゃあ先生がこっちに来るまでの間、クリーニングをしてあげる」

見てこれ。洗車場のやつみたいでしょ。歌子さんが取り出した機械は、先端に丸いモップ状のスポンジがついたものだった。

「これでわしゃわしゃ磨くだけだから」

まるでアニメの登場人物みたい。回転するスポンジで歯をきゅいきゅい擦られていると、なんだか少し怖くなくなってきた。かも？

そして先生が来るより前に、四谷さんが現れる。

「えーと、とりあえず歯型を取らせてもらいます。これはひんやりしたやつをぬちゃーっと嚙むだけだから、痛みとは無縁だよ」

印象用トレイを片手に、四谷さんはそっと私の口を開けた。ゴムの薄い手袋をしているけど、その丁寧な感触が嬉しかった。

しかしいざ先生がやって来ると、やわらいだはずの恐怖心が再び頭をもたげる。

「さてと、お待たせしました」

丸椅子をこちらに引き寄せて成瀬先生が笑いかける。

「初期虫歯が二本だね。大丈夫、これなら痛くしない自信があるよ」

「……そうなんですか？」

「うん。俺はＤＦＦの否定派だから」

ＤＦＦ。これは確か知花ちゃんも口に出していた言葉だ。その意味をたずねると、成瀬先生はこんな説明をしてくれる。

「これはドリル・フィル・フィルの頭文字さ。和訳すると？」

「削る・詰める・詰める……ですか？」

「そう。つまりこれは超古典的な歯医者の治療法ってこと。ブラックの法則っていうんだけど、歯を残す方向の現代歯学とは相容れない思想だから、国際歯科連盟でもブラックの法則の撤回という通達が出されてるんだ。

ていうかさ、そもそもガリガリ削って、とにかく詰めときゃいいってのが乱暴な話だよね。それこそが歯医者恐怖症の患者を作る原因だったと俺は思うけど」

気軽な感じで話しながら、それでも成瀬先生の手は素早く動いている。

「歯っていうのはさ、一度削ったら二度と元には戻らないんだよ。ピアスの穴が塞がるような修復機能は、こと歯には当てはまらないから」

聞きながら私は納得した。そうか、歯は勝手にのびたりしないものね。

「だから僕は、できるだけ小さな治療からやりたいんだ」

特に女の子にはね。冗談めかして言いながら、脱脂綿で歯ぐきをさっと拭った。ひやりとした感触に、身体が強ばる。

「じゃあこれでちょっと待とう。そしたら麻酔が効いてくるから」

時計を見て成瀬先生は立ち上がった。そして三分ほどたっただろうか。戻ってきた先生は私の歯ぐきをちょんとつついた。

「どう？　感じる？」

驚くべきことに、何も感じなかった。現代医学ってすごい。私が首を振ると、満足そうにうなずいた。

「じゃ、ちゃちゃっとやっちゃうね。音が気になるようならデスメタルでもかけようか？」

「らいりょうぶれふ」

あらら。歯ぐきを中心とした筋肉がしびれて、上手に喋ることができない。

「一回十五秒。嫌だったら手を上げてね。すぐ止めるから」

「ふわい」

　結果的に、ドリルでちゅいーんとやっている間はまったく痛くなかった。むしろちょっと痛かったのは、歌子さんに歯石を取ってもらったとき。しかも最後に口をゆすいだら血が一面に広がって、気絶しそうになった。けれど横で歌子さんが話しかけていてくれたおかげで、私はなんとか正気を保つことができた。

「サキちゃん、口の中にはたくさんの小さな血管があるわ。だから出血すると唾液なんかと混ざって多量に出血したみたいに見えて、今みたいにびっくりしちゃうの」

　だから止血は完全に行うことが大切。そう言って歌子さんは私の歯ぐきをガーゼで押さえた。

「ほら、これが一時的止血法。圧迫法とも言うわね」

　しばらく押さえていると、確かにもう血の味はしなくなっていた。

「さてと。じゃあまた王子様の登場ね」

　歌子さんが立ち上がると、入れ替わりに四谷さんが現れた。今度も印象用トレイを持っている。

「面倒だとは思うけど、今度は削った後の型を取ります。そこから充填物の型を起こすから、もう一度噛んで下さい」

　力を入れて噛むと、歯磨き粉の匂いが口中に広がる。

「今回は俺の出番はここまで。あとは成瀬先生が仮の詰め物をしてくれる」

「そしたら俺は、次回までに咲子さんにぴったりの充塡物を作っておくから」

「うん」

私にぴったりって、シンデレラの靴じゃないんだから。私は小さく笑いながら、粉まみれの四谷さんを見上げた。

＊

「一ヶ月、本当にお世話になりました」

笑顔の長沼さんを見送り、閉院準備を終えた後私は皆に向かって頭を下げた。

「寂しくなるけど、しばらくは通院があるから会えますね」

中野さんが優しい笑顔を浮かべてくれる。白衣の天使って、きっとこういう人のことを言うんだろうな。

「叶先生の親戚なんだから、いつ来たっていいと思いますよお」

春日さんの声に癒される男性は、きっと多いに違いない。

「よかったら本気で医療事務を勉強してみませんか？」

葛西さんにそう言われると、本気でやってみようかなって思えてくる。

「アルバイトはいつでも歓迎するぞ」

品川院長のお昼つきなら、もちろんです！

「俺の患者さん。悩み事までよろず受けつけるから頼りにしてよ」

はい、成瀬先生。これからもよろしくお願いします。

「サキ、姉さんによろしくな」

うん。でも唯史おじさんこそ、知花ちゃんによろしくね。私は二人を応援するから。

「サキちゃん、怖いときは私のことお姉さまって呼んでもよくってよ」

歌子さん、それはちょっと危険な香りがするんですけど。

「最高の技工物を作ってみせるよ」

四谷さん、だからそれって。


クリニックからの帰り道、私はメールの着信音に気づいた。沖縄にいるヒロちゃんからだ。私のアルバイトはきっかり一ヶ月のものだったけど、ヒロちゃんは大学がはじまるぎりぎりまで向こうにいるらしい。

『サキ、元気ですか。こっちは昨日まで台風でてんやわんやでした』

そうか。沖縄って夏の終わりにも台風が来るんだよね。もうそんな季節になったんだ。早かったなあ、今年の夏は。

『でも宿の人間としては、お客さんの道中の安全を祈るばかりです。だって、家に帰るまでが遠足です、って言うじゃない？』

ふふ。でもやっぱりヒロちゃんだ。自分のことより人の心配ばっかりしてる。早く会って話がしたいな。

私は夜空を見上げて思う。ねえヒロちゃん、私の王子様は二年間の遠足に出ちゃうんだってよ？　私、きちんとやれるかな？

＊

九月半ば。久しぶりに顔を合わせた私とヒロちゃんは、またもや図書館の個室にこもっていた。

「ねえ、どんな夏休みだった？」

私たちは互いの経験したことを余すところなく語り合い、お菓子をつまんではまた喋った。

「すごいすごい。今の時代に火炎瓶？」

ヒロちゃんがアルバイトしていた宿のオーナー代理という人は、強烈に面白いキャラクターで私は笑い転げる。

「サキはいいよね。常識的な人たちに囲まれて、きちんと知識まで身についてさ」

そう言ってヒロちゃんは紙パックのコーヒー牛乳をすすった。

「あ、ちなみに牛乳も噛んで飲みなさい、って言ったのもフレッチャーさんなんだって」

へえ、と感心したヒロちゃんはもぐもぐと口を動かす。

「サキ、あんた今や歯科トリビアの宝庫だね。なんだったら本当にそっち方面目指してみたら？」

「ふふ。考えとく」

私は笑いながらノンフライのポテトチップスを口に運んでよく噛んだ。うん、歯ごたえがあっておいしい。

二年なんて、すぐだ。働いていれば、きっともっとすぐ。でも就職にはまだちょっと間があるから、フレッチャーさんからの伝言に従って、色々なことにチャレンジしてみようと私は思う。

そう、私はシンデレラなんかじゃない。ただ王子様を待つなんてできやしないもの。

よく噛んでよく食べ、よく笑いよく喋りよく歌うこと。

フレッチャーさんからの伝言は、きっと「よく生きなさい」という意味じゃないかと私は思ってる。

＊かんたんなあとがきと、ご協力いただいた方々

数年前、久しぶりに歯医者さんにかからなければならない事態に陥った私は、大人げなくも問診票の「その他気になること」という欄に「歯医者さんが怖いです」と書きこみました。するとと目の前に現れたドクターは、明るい声でこう言いました。

「歯医者さんが怖いのは当たり前。好きな人の方が少ないよ。実際、歯科恐怖症っていう病気もあるくらいだし」

目から鱗でした。そうか、大人だって怖がってもいいんだ。歯科衛生士のお姉さんたちに、これ以上ないほど優しく接してもらいながら、私はちょっとばかり不謹慎なことすら考えました。

ちなみに私は怖い事態に直面すると、情報を集めにかかるタイプです。なのでどうせ歯科治療を受けるなら、取材にしてみたらどうかと思ったのがこのお話を書くきっかけでした。つまりアイデアがあったから取材したのではなく、取材してからアイデアをこじつけたのです。

しかしそんな私の取材に、クリニックの皆さんはこころよく応じてくれました。診療を終えた後の貴重な時間や、短いお昼休みをさいて下さったことには、今さらながら汗顔の至り

です。

ところでこのお話には、姉妹編に当たる物語が存在します。それは作中でサキがメールをやりとりしている相手、柿生浩美こと「ヒロちゃん」のお話です。遠くない未来に出る予定の本ですが、同じ夏休みの裏表として彼女の物語も楽しんでいただけると幸いです。

最後に、左記の皆さまに心からの感謝を捧げます。

二子玉川にある本多歯科クリニックの本多克行院長には、興味深いお話をうかがわせていただいた上、作品に役立つ資料まで貸していただきました。また同医院の小林由利子さん、中嶋千佳さん、山田由美子さんには歯科衛生士と歯科アシスタントの立場から見た治療の現場について、生の声を聞かせていただきました。

代々木にあるヤシマ歯科医院の高橋渉院長には、訪問治療や介護の現場における口腔治療の問題など、「動く」歯科に関して非常に興味深いお話をうかがいました。

池袋にあるおくだ歯科医院の奥田理院長には、医師と患者の関係について様々なケースのお話を聞かせていただき、また保険を適用するかしないかの問題についてもご意見をうかがいました。

今回は出版社の枠を超えて素敵な装幀をして下さった石川絢士さん。ジャーロの北村さんや担当の鈴木さんをはじめとする、光文社の方々。そして校正や印刷、営業や販売などでこ

の本に関わって下さった多くの方たち。私の家族と友人。私の生活全てを支えてくれている
G。そして、今このページを開いてくれているあなたに。

＊　文庫版あとがき

こんにちは、坂木司です。言いたいことはおおむね、単行本のあとがきで書いてしまったので、ここでは文庫版のカバーについて少しお話しさせていただこうと思います。

注目していただきたいのは、カバーのハムスターが持っている歯磨きのチューブ。そこに描かれたリボンのマークです。これにはいわゆるレッドリボンやピンクリボンと同じ、病気の撲滅や啓蒙を訴える意味があります。ではこの二色のリボンとは何か。それは、口腔ガンです。

口腔ガンとは、文字通り歯を除いた口の中にできるガンです。この病気の問題点は、社会復帰の難しさ。生存率は他のガンと変わらないので、その後の人生を送られる方も多いのに、それは何故でしょう。理由は、顔が変わってしまうからです。作中に出てくる知花ではありませんが、外見上の問題というのは、ともすると精神にも深い影響を与えます。進行するほど病変周囲を削らなければならないのは、どのガンでも同じ。だからこそ、より一層の早期発見を望む、という歯医者さんの願いが込められてこのマークは作られたそうです（ちなみにリボンの白は歯、赤は歯茎を表しているそうですよ）。

けれど口腔ガンは幸いにして、他のガンよりも発見が容易です。なぜなら、口の中の異変には誰だってまず自分が気づくからです。治らない口内炎や、歯茎の痛み。ごく普通に歯医者さんを受診するだけで、それはわかります。なのでおかしいなと思ったら、ぜひ最寄りの歯医者さんに行ってみて下さい。

とまあ歯医者さんの回し者のようなことを書きましたが、私は一介の患者に過ぎません。でもこのキャンペーンの趣旨に共感したので、ここで書かせていただきました。

え？　私？　私は今でも、若干怯えながら定期検診に通っていますよ。だってこんなお話を書いた人間が虫歯だらけだったら、洒落になりませんからね。でも、いつだって問診票にはこう書きます。

「やっぱり、まだちょっとだけ歯医者さんは怖いです」

人間、そんなにすぐには変われませんからね。

最後に、左記の方々に御礼を。

親本の取材時にお世話になった上、今回は帯の文章まで書いていただいた本多歯科クリニックの本多克行先生。リボンマークのピンバッジをありがとうございました。同じく取材時にお話を聞かせていただいた上、解説まで書いていただいたヤシマ歯科医院の高橋渉先生。身に余る解説を、本当にありがとうございます。

そしていつものように素敵な装幀を施して下さったのは、石川絢士さん。ハムスターが可愛すぎて、萌え死にしてしまいそうです。文庫を担当して下さったのは貴島潤さん。素敵な本にしていただいて、嬉しいです。それから製本や販売など、様々な形でこの本に関わって下さった皆様。私の家族と友人。いつも支えになってくれるG。さらに今、このページを開いてくれているあなたへ。

どうもありがとうございました。

そしてあなたの口が、いつも楽しいことへの入口でありますように。

＊参考文献

『さまよえる患者をどう捉えるか　歯科心身医学領域の症例集』編集委員・佐藤田鶴子・中村広一　アドバイザー・筒井末春・藤波茂忠　デンタルダイヤモンド社
『歯とからだ』　市波治人　径書房
『噛み合わせ人間学』　正井良夫　人間と歴史社
『再生医療とはなにか』　上田実　メディア株式会社
『いい歯医者　悪い歯医者』　林晋哉・林裕之　講談社＋α文庫
『診療室が変わる本　すぐに役立つアイディア100』　監修・高津茂樹・植木清直・大野粛英　クインテッセンス出版株式会社
『歯科衛生士・歯科技工士になるには』　伊藤五月　ぺりかん社　なるにはBOOKS
『チョ～イケテル 花の歯科衛生士　プロ街道まっしぐら』　著・小原啓子　画・真砂武　医歯薬出版株式会社

解説――にかこつけた感謝の言葉

高橋《たかはし》　渉《わたる》
（ヤシマ歯科医院院長）

ミステリ作家・坂木司氏の最大の特徴は、「日常」を扱う名手であるということだと思う。多くのミステリ小説は殺人事件という、「非日常」を中心にして展開していくが、坂木氏の描く世界は主人公の年齢・性別・職業に違いがあるものの、彼らをとりまく日常生活と、その中で触れ合う人物を中心として話が進んでいく。当然のことながら殺人は一切起こらない。世の中には多くの職業があり、さまざまな作品でその職業に関する物語・ドラマが発表されているが、特にミステリ分野においては我々の携わる歯科業界を舞台とした話というのはお目にかかったことが無い。というのも、例えば最近テレビ等のメディアでよく取りあげられている『チーム・バチスタの栄光』や『医龍』『ブラックジャックによろしく』などに描写されるような医科の現場にくらべて、歯科医療の現場ではドラマティックな場面は想像しにくいだろうし、人が死ぬなど、「非日常」に分類される事件はめったに起こるものでは無いからだ。

私が坂木氏に初めてお目にかかったのは、氏が本書『シンデレラ・ティース』の構想を練っている最中のことであり、取材申し込みを坂木氏から打診された事がきっかけであった。

坂木氏がミステリ作家と聞いて、私の脳裏に浮かんだのは、かねてから愛読させていただいている東野圭吾、貴志祐介、京極夏彦各氏のような方々であり、それゆえ坂木氏が「連続殺人」「大量殺人」にまつわる話を描く作家だと勝手に思っていた。歯科医院の中でそんな事件が起きる状況はなかなか無いよなあと思いながら、取材の日時を設定したものだった。

わたくし事で恐縮だが、私は大学を卒業してすぐ、当時（一九九九年）国内ではまだ珍しかった歯科訪問診療に従事していた。自力で診療所に通える患者さんは担当しておらず、往診車に乗り老人保健施設や障害者の方の支援施設、精神科病院などに赴き、重篤な疾患・障害を抱えた患者さんを多く診療してきた。何人かの患者さんは治療期間中に病態が悪化し、永の別れを告げることにもなった。私の医院のホームページのプロフィールに少しそのようなことが書いてあり、その体験に坂木氏が目をつけたのかと思っていた。

しかし坂木氏の作品に関する私の予想は見事に裏切られた。しかも大きく、良い方向に。

坂木氏とのアポイントに先立ち、私は坂木氏から今作より先に刊行されていた『青空の卵』『仔羊の巣』『動物園の鳥』という、いわゆる「坂木司3部作」を氏からプレゼントされていた。高校生天文部員四人が主人公である『夜の光』以外の氏の作品には、ミステリ小説ということで、ホームズ的探偵役とワトスン的助手役が登場する。氏のデビュー作を含むこの三部作は主人公である外資系保険会社社員「坂木司」が助手役。

その親友で、ひきこもりのプログラマー「鳥井真一」が探偵役として登場し、並外れた観察眼と推理力を以って、彼らを取り巻く人々と、その日常生活にひそむ謎を解き明かしていく物語であった。

坂木氏が『先生と僕』の作中で言及しているように、殺人以外をモチーフにした「人が死なない」ミステリ小説は、実は日本ではもちろんのこと、世界中の作家が書いているようだが、恥ずかしながら「ミステリ」といえば殺人事件ものしか読んだことが無かった私はこんなにも心温まるミステリ小説があったことに心から驚愕し、同時にこのような作品を紡ぎだす事のできる坂木司という作家はどのような人物なのか、強く好奇心をそそられることとなった。

そのような経緯を経て坂木氏との初対面を果たした。

坂木氏は「覆面作家」ということなので詳しい描写は避けておくが、人当たり柔らかく、純粋な眼差しに一目で好意を抱くこととなった。

氏は本作の取材においてさまざまなタイプの歯科医師に取材を申し込んでいたようである。歯医師だけではなく、『シンデレラ・ティース』の舞台のなかで重要な役どころである、歯科アシスタントや歯科衛生士、歯科技工士からも、それぞれの視点から捉えた歯科医療の現場に関する声を丁寧に拾い集めていたと伺い、私は感心しきりであった。

当時私は、先代院長であった高齢の祖母の跡を継いで一般歯科診療の世界に足を踏み入れたばかりであり、「健常」な患者さんの治療にようやく慣れ始めていたところだった。疾患や障害を抱えた患者さんに比べて、治療行為自体は格段にし易くなったものの（何しろ「お口を開けてください」と言うだけで、患者さんが開口状態をご自分で保持してくれるのだ）、立地上会社員の患者さんが多い当院には、ストレス過大でしかも不規則な生活にさらされたことによって複合的な病因を抱えており、治療が困難な口腔状態をもつ患者さんが多く来院されるので、その治療方法や計画の立案をし、多忙な患者さんたちに治療の同意を得る難しさに腐心し、悩んでいたのだ。本作の舞台となっている「品川デンタルクリニック」のスタッフと似たような悩みかもしれない。

そんな折に坂木氏の取材を受けたのである。患者さんが抱く歯に関する悩みにはどのようなものがあるか、その悩みを解決するためにはどのような技術を用いているか、なによりその悩みを、われわれ医療スタッフがどのように受け止めて、解決に導く手助けをしているのかなど、坂木氏の問いに答えていく中で、あらためて自分の仕事の重要性と、歯科医療の現場に立てることの喜びを再認識できる良い機会となった。それゆえ、その機会を与えてくださった坂木氏を、私は勝手に恩人と思っている。

それ以来坂木氏とはご縁が続き、新作が出る度に必ず初版本にサインと直筆のイラストを添えて贈っていただけるという、いちファンとしては破格の特権を享受させていただいている。この場をお借りして坂木氏に厚く御礼申し上げたい。

以下、作品の内容にふれる部分がありますので注意してお読み下さい。

さて、本作『シンデレラ・ティース』であるが、小さいころの歯の治療が原因で歯科恐怖症になってしまった主人公「叶咲子」さんが、ひょんなことから歯科医師である叔父の勧める歯科医院でアルバイトすることから始まる。

歯科治療に対して恐怖を抱いていたため、初めは憂鬱だったアルバイトだが、医院のスタッフの優しさや、心配りあふれる丁寧な治療、自分以上に大きな悩みを抱えながらも治療に通い続ける患者さんと触れ合い、彼らが医院に持ち込むさまざまな謎を解き明かしていくことで、人間的に成長していく。特に咲子さんが受付での患者さんとの会話の中で、大小さまざまな気になる点を書きとめた「第二のカルテ」は患者さんにまつわる謎を解決に導く一助になっており、非常に興味深い。

そして見逃せないのは物語の中で探偵役を務めて、咲子さんの大きな力になっている歯科技工士の「四谷謙吾」氏の存在である。

「シンデレラ・ティース」の章では歯ぎしりと審美修復、「ファントム vs. ファントム」では歯科心身症（作中では「幻臭」）、「オランダ人のお買い物」では義歯（入れ歯）、「遊園地のお姫様」では再生医療と、歯科医師顔負けの幅広く奥深い知識を基にした鋭い推理で患者さんの悩みを解決していくのだ。

余談ではあるが、私にも患者さんの治療にあたって色々と相談に乗っていただいている歯科技工士の方々がいるが、彼らにもそれぞれ専門、もしくは得意としている分野があり、私は治療内容によって異なる四箇所の厳選した歯科技工所に技工物の製作をお願いしている。「品川デンタルクリニック」は院内に技工室を構えているようであるが、それを自在に使いこなし、一人でどんな分野の技工物でもパーフェクトにこなすことのできる四谷技工士は限りなく理想に近い歯科技工士であると言える。

しかし自分に厳しく常に努力を怠らない四谷技工士は、本作最終章「フレッチャーさんからの伝言」では、更なる高みを目指してドイツに二年間留学に行くこととなる。

技術・学識・向上心と三拍子そろった、それだけでも稀有な人材である四谷技工士だが、彼の本当にすばらしい点は、その観察力にあると思う。「人付き合いは苦手なのでこの職業を選んだ」と本人も言っているように、歯科技工士という職業は、場合によっては一日中ラボの中で口もきかずに作業に没頭することが多い。四谷技工士もその例にもれず、彼が業務中に人とコミュニケーションをとるのは、技工物の関係で治療に立会う時や調整を頼まれた時だけである。その短い時間に見た患者さんの口腔内の状態や、技工物製作のための模型を観察して、四谷技工士は患者さんの生活習慣や人となりを推理し、その人に最適な技工物を作るための参考にしている。本作の主題になっているのは、患者さんと実際に対面して治療にあたっている歯科医師や歯科衛生士、また会話してアポイントをとる咲子さんのような受付スタッフが惑わされてしまう患者さんたちの謎多き言動であるが、四谷技工士は自分に与えられた少ないデータを客観的に観察することによって解決に導いていく。

私も自分が治療をする立場の人間なので、そちら側の視点でこの物語を読んでいくわけだが、四谷技工士の謎解き場面は非常に合理的かつ新鮮で、自院に彼のようなスタッフがいれば心強い限りだと思った。

主人公格の二人に絞って話をしてきたが、「品川デンタルクリニック」のスタッフは院長、歯科医師、歯科衛生士、事務、と有能で個性的な面々がそろっており、彼ら全体が醸しだす雰囲気が患者さんに安心感を与えている。これはこの作中に限ったことではなく、私も含めて実際に多くの歯科医院が患者さんに怖い思いをなるべくさせることなく来院していただけるような努力をしている。歯科医院嫌いの読者の方々が本作を読み、「こんな歯医者さんなら行ってみたいかも」と思っていただければ、われわれ歯科医療スタッフとしても幸いである。

最後になってしまったが、歯科医療の現場にスポットを当てて、このようなすばらしい物語を生み出してくださった坂木氏に改めて感謝を述べたい。多くの悩める患者さんがこの本を手に取り、悩みの解決の一助になることを願う。

初出「ジャーロ」

シンデレラ・ティース　二〇〇五年春号
ファントムvs.ファントム　二〇〇五年夏号
オランダ人のお買い物　二〇〇五年秋号
遊園地のお姫様　二〇〇六年春号
フレッチャーさんからの伝言　四六版書下ろし

二〇〇六年九月　光文社刊

光文社文庫

シンデレラ・ティース

著者　坂《さか》木《き》司《つかさ》

2009年4月20日　初版1刷発行
2014年8月10日　15刷発行

発行者　鈴木広和
印刷　萩原印刷
製本　関川製本

発行所　株式会社 光文社
〒112-8011　東京都文京区音羽1-16-6
電話 (03)5395-8149 編集部
8116 書籍販売部
8125 業務部

落丁本・乱丁本は業務部にご連絡くだされば、お取替えいたします。
ISBN978-4-334-74571-4　Printed in Japan

組版　萩原印刷

お願い　光文社文庫をお読みになって、いかがでございましたか。「読後の感想」を編集部あてに、ぜひお送りください。

このほか光文社文庫では、どんな本をお読みになりましたか。これから、どういう本をご希望ですか。

どの本も、誤植がないようつとめていますが、もしお気づきの点がございましたら、お教えください。ご職業、ご年齢などもお書きそえいただければ幸いです。当社の規定により本来の目的以外に使用せず、大切に扱わせていただきます。

光文社文庫編集部